Manfred Hoffmann

Schreie über dem Stillen Ozean

Manfred Hoffmann

Schreie
über dem
Stillen Ozean

Bibliografische Information der Deutschen Nationalbibliothek: Die Deutsche National-bibliothek verzeichnet diese Publikation in der Deutschen Nationalbibliografie; detaillierte bibliografische Daten sind im Internet über dnb.dnb.de abrufbar.

Verlag: BoD · Books on Demand GmbH, In de Tarpen 42, 22848 Norderstedt, bod@bod.de
Druck: Libri Plureos GmbH, Friedensallee 273, 22763 Hamburg
ISBN: 978-3-8391-1757-6

Widmung

Das Buch ist meiner Frau, meinen Söhnen und meinen Enkelkindern gewidmet.

Dank

Für ihre große und geduldige Hilfe und Unterstützung gebührt mein besonderer Dank meiner Schwester, so wie meinen Freunden Dr. Ulrich Mösta und Dr. Reinhold Stapf.

Inhalt

Einband: Pfahlbauten in Buenaventura,
Rückseite: Pazifikküste bei Juanchaco, Kolumbien

Morgenlicht

Guayaquil, Ecuador. Auf der hohen Mauer geht ein Wächter auf und ab. Die Maschinenpistole hängt griffbereit über seiner Schulter. Aufmerksam beobachtet er die Umgebung. Das erste Morgenlicht reicht jedoch noch nicht aus, um alle Einzelheiten erkennen zu können. Dennoch trägt er bereits eine dunkle Sonnenbrille, wie er es bei Polizisten in US-amerikanischen Spielfilmen gesehen hat. Nirgends rührt sich etwas. Nur die hohen Kokospalmen auf dem parkartigen Grundstück hinter ihm wiegen sich in der leichten Brise, die vom nahen Meer herüberweht. Strahlend blauer Himmel verspricht einen schönen Tag, obwohl eigentlich Regenzeit ist. Üppige Blütenpracht umgibt eine stattliche weiße Villa mit weiträumigen Terrassen und einem Pool von nicht gerade bescheidenen Ausmaßen. *Jacarandas*, Hibiskus und *Bougainvilleas* wachsen überall im Überfluss. Das Grundstück grenzt an das Ufer eines träge dahinfließenden Mündungsarms des Rio Guayas. Mehrere, ähnlich beeindruckende Villen der reichen Oberschicht säumen hier das Flussufer. Alles wirkt friedlich. Doch der Schein trügt. Weitgehend verdeckt von den Zweigen eines mächtigen Baumes und von der Villa aus nicht zu sehen, stehen zwei weitere schwer bewaffnete Männer und ihre angespannten Gesichter lassen erahnen, dass der Ort keinesfalls so paradiesisch ist, wie es den Anschein hat.

„*Señorita* Claudia aufwachen, aufwachen. Heute ist Ihr Geburtstag, und es gibt noch viel zu tun, bevor die Gäste kommen." Marta, das fürsorgliche Hausmädchen öffnet die Vorhänge. Sonnenstrahlen dringen in den Raum. Trotz der feuchten Hitze in der tropischen Hafenstadt trägt sie eine adrette schwarze Uniform mit weißen Spitzen und einer weißen Schürze, wie es einst für das Hauspersonal im kühlen Europa üblich war. „Ach, lass mich in Ruhe. Arbeiten musst du und nicht ich." Gereizt dreht sich Claudia auf die andere Seite, nicht ohne noch einen harschen Befehl zu erteilen: Du kannst mir jedoch einen Kaffee bringen, aber bitte rasch!" „Wie Sie wünschen." Marta verdreht die Augen und wirft einen kurzen Blick zum Himmel. Schicksalsergeben verlässt sie das Zimmer. Sie stammt aus dem Hochland Ecuadors. Wie die meisten *Indígenas*[1] dort, tut sie schweigend ihre Arbeit und ist daran gewöhnt, Befehle widerspruchslos auszuführen. Wenig später wird Claudia von dem Geruch nach frischem Kaffee erneut geweckt. Schlaftrunken wankt sie in ihr Bad und betrachtet sich missmutig im Spiegel. Sie ist schlank und hochgewachsen. Obgleich sie eine helle Haut hat, verraten ihre dunklen Augen den Einfluss ihrer arabischen Vorfahren. Ihr schwarzes Haar hat sie blond gefärbt, wie es viele junge Frauen hier tun, um sich von den einfachen Leuten oder gar den *Indígenas* deutlich abzugrenzen. Sie gehört nicht zu den besonders herausragenden Schönheiten, ist aber durchaus attraktiv und reizvoll. Ihr Vater, ein strenggläubiger libanesischer Einwanderer, der es in Ecuador als Geschäftsmann zu märchenhaftem Reichtum gebracht hat, achtet allerdings energisch darauf, dass sie sich stets züchtig kleidet und dezent auftritt. Ausschnitte dürfen nicht zu tief und Röcke keinesfalls zu kurz sein. Nicht einmal schminken darf sie sich. So manches Mal wurde sie daher von ihren Kommilitonen auf der Universität als „Klosterschülerin" geneckt.

Als sie das Frühstückszimmer betritt, sitzen dort bereits ihre Mutter mit einer Tante zusammen, und die beiden besprechen aufgeregt, wie man die vielen Gäste am Nachmittag angemessen betreuen kann. Marta und Rosa, ein weiteres Hausmädchen, sind emsig tätig, um eine endlose Liste von

---

1 Indigene Bevölkerung

Aufträgen abzuarbeiten. Nicht nur Familienangehörige und Freunde sind eingeladen, sondern vor allem auch wichtige und einflussreiche Persönlichkeiten, die für das Geschäft des Vaters von Bedeutung sind.

Ein kräftiger junger Mann mit einem Strohhut in der Hand betritt zögernd den Raum. Er bekommt ebenfalls eine Reihe von Anweisungen, was er zu tun hat. Aufmerksam sieht er sich um. Dabei bleibt sein Blick für einen Moment an Claudia haften. Doch dann gehört seine Aufmerksamkeit wieder ganz den Befehlen ihrer Mutter. *„Si. Como no. A la orden Señora."* „Ja. Selbstverständlich. Wie Sie wünschen, *Señora*." Gehorsam wiederholt er seine Aufträge. Doch die Art, wie er das sagt, und der Ton seiner Stimme lassen Claudia aufhorchen. Irgendetwas an ihm ist ungewöhnlich. Forschend betrachtet sie ihn sich näher. Sein Gesicht ist braun gebrannt. Wirres Haar und ein schwarzer Bart geben ihm etwas Verwegenes. Lebhafte Augen lassen ihn jung, sympathisch und freundlich erscheinen. Obwohl er deutlich über dreißig ist, erinnern sie fast an die eines neugierigen Kindes. In heftigem Kontrast dazu scheinen manche seiner Gesichtszüge aber einem weit älteren, vom Schicksal gezeichneten Mann zu gehören. Claudia meint in den Falten, um seinen Mund auch Härte, vielleicht sogar Brutalität entdeckt zu haben. Seltsame Widersprüche, die ihn undurchsichtig, fast rätselhaft erscheinen lassen. Als er den Raum verlässt, treffen sich ihre Blicke und unwillkürlich zuckt sie zusammen. „Wer war das?" „Wer?" Die Mutter ist mit ihren Gedanken längst bei den nächsten Aufgaben. „Ach so, der neue Gärtner. Er heißt Álvaro und kommt aus Kolumbien. Vater hat ihn vor Kurzem eingestellt. Mehr weiß ich auch nicht."

Am Spätnachmittag strömen zahllose Gäste in die weiße Villa am Fluss. Große Limousinen fahren am Eingang vor. Ihnen entsteigen meist ältere, distinguierte Herren mit grauem Haar und wichtiger Miene. Nach letzten Instruktionen an ihre Fahrer und der Mahnung, rechtzeitig wieder vorzufahren, wenn das Fest zu Ende geht, betreten sie würdevoll die Villa. Elegant gekleidete Damen mustern mit kritischen Blicken die Aufmachung der anderen weiblichen Gäste, stets höchst besorgt, dass sie selbst womöglich weniger attraktiv wirken könnten. Manche Jüngeren unter den Eingeladenen scheinen Ihre Zugehörigkeit zur feinen Gesellschaft durch besonders ausgeprägte Arroganz beweisen zu wollen. In gewohntem Befehlston ordern sie einen Drink nach dem andern und herrschen die Kellner an, wenn sie ihren Wünschen nicht unverzüglich folgen oder auch nur ihr leeres Glas übersehen haben.

Auf einer der Terrassen müht sich eine Band um den, zu einem solchen Fest gehörenden, musikalischen Rahmen. Doch die Künstler werden kaum beachtet. Der Lärm der Unterhaltungen übertönt weithin ihre durchaus gekonnten Darbietungen klassischer Musik. Die jüngsten Gerüchte und Klatschgeschichten über die das Land beherrschenden Familien, oder der Bericht über ein neues Luxusrestaurant bewegen die meisten der Anwesenden weit mehr, als Mozart oder Strauss. Auch die erregte Erörterung der letzten Fußballergebnisse, genießt bei einer Gruppe von Männern deutlich höhere Priorität. Mit ihrem Glas in der Hand stehen sie wild gestikulierend zusammen und man hat den Eindruck, dass alle gleichzeitig reden. Die Damen haben sich hingegen sehr bald in einer der zahllosen Sitzgruppen im Haus oder auf den Terrassen zusammengefunden, um über die Liebesaffären von - vorzugsweise nicht anwesenden - Mitgliedern aus ihren Kreisen zu tuscheln oder den Sittenverfall der Hausangestellten zu beklagen. Schließlich müssen sie noch ihr Handicap beim letzten Golfspiel in Miami vergleichen. Auf keinen Fall darf der

Eindruck entstehen, man könne sich womöglich die ständigen Trips an den Zweitwohnsitz in Florida nicht mehr leisten. Die meisten dieser Gespräche könnten nicht oberflächlicher sein. Dennoch sind alle hier unerschütterlich davon überzeugt, nicht nur Geld und Macht zu haben, sondern auch zur intellektuellen Oberschicht zu zählen. Kaum einer von ihnen wird nicht von ungehemmter Eitelkeit beherrscht.

Claudias Vater hält eine blumige Ansprache zum Geburtstag seiner Tochter und erntet höflichen Applaus. Wie man es von ihr erwartet steht Claudia brav und schüchtern neben dem Vater und lächelt verlegen über seine Lobeshymnen auf sie. „Die einundzwanzig Jahre sieht man ihr mehr als deutlich an. Es wird Zeit, sich nach einem Bräutigam umzusehen", raunt eine Frau der neben ihr stehenden Freundin zu. „Als egozentrisches, verwöhntes Töchterchen wird ihr das nicht leichtfallen", flüstert die Angesprochene zurück.

Aus einem kleinen Pavillon am Fluss tönt das ausgelassene Gelächter einer Gruppe der Jüngeren, die dort bereits reichlich dem *Aguardiente*[2] zugesprochen hat. Offenbar erfreut sich das kolumbianische Nationalgetränk auch bei ihnen hoher Beliebtheit. Unter ihnen befinden sich die wenigen Kommilitonen von Claudia, die eher aus Höflichkeit oder Neugier gekommen sind. Echte Freunde besitzt Claudia so gut wie gar nicht. Nicht nur die strenge Hand des Vaters, sondern auch ihre Hochnäsigkeit und ihr Stolz sorgen für spürbaren Abstand zu anderen Studenten in der Universität. Selbst hier auf ihrer Geburtstagsparty kümmert sie sich kaum um ihre Altersgenossen, sondern zieht es vor, bei den älteren Freunden der Eltern Hof zu halten.

---

[2] Anisschnaps

Schließlich brechen die ersten Gäste langsam auf. Haus und Garten leeren sich. Am Pool diskutiert noch eine kleine Gruppe Unermüdlicher temperamentvoll über die neusten politischen Ereignisse. Einer von ihnen ereifert sich so, dass er mit seinen heftigen Gesten einem vorbeigehenden Kellner fast das Tablett aus der Hand geschlagen hätte. Sein Gegenüber zieht genüsslich an einer mächtigen Zigarre und nickt zustimmend. Am Ende sind sich mal wieder alle einig, dass die Aktivitäten der Linken unweigerlich zum Untergang des Landes führen müssen, wenn man ihnen nicht endlich Einhalt gebietet. Keiner von ihnen hat dabei auf den Gärtner in der Nähe geachtet, der mit finsterer Miene aufmerksam zugehört hat. Niemand bemerkt sein versteinertes Gesicht als sie schließlich den Einfluss der kolumbianischen Guerilla als Ursache allen Übels nicht nur in ihrem Nachbarland, sondern auch hier ausmachen und auf das Heftigste verdammen.

Die Musik verstummt und die Kellner räumen die letzten überall herumstehenden Teller und Gläser weg. Fackeln und Lichter werden gelöscht und dann kehrt Ruhe ein. Selbst die Wächter auf den Mauern sind nicht mehr zu sehen. Nur unten am Fluss, verborgen im Schatten der Bäume, steht eine regungslose Gestalt. Es ist Álvaro, der Gärtner, der dort auf die mondbeschienene, silberne Wasserfläche starrt und offenbar unbeobachtet bleiben will.

Am nächsten Morgen wacht Claudia früh auf und beschließt, wieder einmal in die Universität zu gehen. Sie betreibt ihr Studium eigentlich nur, um sich nicht zu langweilen und um Leute kennenzulernen. Außerdem gehört es sich nun einmal für eine junge Frau ihres Standes, an einer Universität gewesen zu sein. Da jedes ernsthafte Interesse fehlt, erscheint sie nur sehr sporadisch in den Vorlesungen und Seminaren. Ihre Aufmerksamkeit richtet sich dabei weit mehr auf ihre Kleidung als auf den Unterrichtsstoff. „Marta hast du meine Jacke gesehen? Ja, die von Chanel, die ich gestern Abend anhatte. Nein? Dann muss ich sie wohl im Garten liegen gelassen haben." Sie läuft hinaus und sieht sich um. Auf den Terrassen kann sie sie jedoch nirgends entdecken. So geht sie hinüber zu dem Gebäude hinter der Villa, in dem die Hausangestellten wohnen und sucht nach dem Gärtner.

„Álvaro, Álvaro?" Sie hat keine Ahnung, wer hier wo wohnt. „Señorita Claudia?" Álvaro öffnet seine Tür und sieht hinaus. „Sie hier?" „Ja. Also ich suche meine Jacke, die ich gestern Abend auf einer Terrasse vergessen haben muss. Hast du sie vielleicht gefunden?" „Ich habe mehrere Sachen aufgesammelt. Kommen Sie doch herein, und wir sehen nach, ob Ihre Jacke dabei ist." Zögernd betritt Claudia seinen Wohnraum. Álvaro durchsucht ein Bündel von Kleidung, aber die Jacke ist nicht dabei. „Dann muss sie jemand mitgenommen haben. Schade sie war nicht nur sehr teuer, sondern auch sehr schön. Doch was soll es, dann muss ich eben eine Neue kaufen." „Was kostet so eine Jacke?" „Weit mehr als du vermutlich im Monat verdienst", antwortet sie gedankenlos und sieht sich um. In den engen Raum passen nur wenige Möbel, aber der Gärtner besitzt sowieso fast keine Sachen. „Viele Menschen, gestern Abend! Kommen immer so viele Gäste zu solchen Feiern?" Álvaro versucht, das Gespräch wieder aufzunehmen. „Obwohl es Ihre Geburtstagsparty war, gab es aber fast nur ältere Leute. Haben die Sie nicht gelangweilt?" Die Frage hat ihn ganz offensichtlich ernsthaft beschäftigt. „Die hatten doch nur wenige interessante Themen. Es ging eigentlich fast immer nur darum, zu zeigen, wie wichtig sie sind und wie gut es ihnen geht." Unvermittelt fügt er dann noch hitzig und erbittert hinzu: „Dabei schien für sie alle der einzige Maßstab nur das Geld zu sein. Ist das nicht deprimierend?" Sichtlich verärgert, dass ihm diese Bemerkung herausgerutscht ist, wendet er sich von Claudia ab, als könne er sie damit wieder auslöschen. „Das geht dich gar nichts an", kommt prompt die harsche Antwort. „Kümmere dich um deine eigenen Angelegenheiten und deine Arbeit!"

Dann entdeckt sie auf einem Tisch neben seinem Bett ein Buch. „Kannst du etwa lesen", fragt sie schnippisch und Àlvaro weiß nicht, ob sie das ernst gemeint oder nur so dahingesagt hat, um ihn zu provozieren. Sie nimmt das Buch und liest den Titel. „Das ist ja Englisch", ruft sie nun wirklich überrascht. „Du kannst Englisch?" „Ja, ein wenig", lautet die bescheidene Antwort. Verwirrt verlässt sie sein Zimmer. „Stell dir vor, wir haben einen Gärtner der Englisch spricht ", erzählt sie später einer Freundin. Die beiden jungen Frauen sitzen im Schatten alter Bäume auf einer der Parkbänke im Stadtzentrum und beobachten die vorbeigehenden Leute. Tauben streiten sich um ein Brotstück. Das Seminar in der Universität hatte sie beide angeödet, und so ist Claudia freudig dem Vorschlag ihrer Freundin gefolgt, lieber in der Stadt spazieren zu gehen. „Wie sieht er aus?" Claudia versucht, ihr den Mann einigermaßen zu beschreiben. „Klingt interessant." „Unsinn. Er ist ein kleiner Angestellter von uns. Was soll daran interessant sein?" Mit gespielter Gleichgültigkeit bemüht sie sich zu verbergen, dass auch sie selbst von dem geheimnisvollen Gärtner gefesselt, immer wieder an ihn denken muss. Sicherheitshalber setzt sie deshalb noch einmal nach. „Er gehört doch in eine andere Welt, oder würdest du dich etwa mit einem Dienstboten einlassen?" Claudias Freundin sieht das etwas anders, geht aber nicht mehr weiter darauf ein.

„Wusstest du, dass Álvaro Englisch spricht", fragte Claudia am Abend ihren Vater. „So? Erstaunlich, diese Kolumbianer sorgen immer wieder für Überraschungen. Irgendjemand hat ihn mir empfohlen, und er scheint mir zuverlässig zu sein. Bisher erledigt er seine Arbeiten wohl auch sehr gut." Das ist alles, was er dazu zu sagen hat, und er wechselt das Thema. Es liegt ihm fern, sich weitere Gedanken über seinen Angestellten zu machen. Álvaro ist der Gärtner, und wenn der Garten in Ordnung ist, gibt es für ihn keinen Grund, sich mit ihm näher zu befassen. So bleiben ihm die bewegte Vergangenheit seines Gärtners verborgen. Zu keinem Zeitpunkt kommt er auf den Gedanken, dass seine Entscheidung Álvaro anzustellen zu einem fatalen Schicksalsschlag für die Familie führen könnte.

Regenzeit

Es regnet in Strömen. Gewaltige Wassermassen verhüllen die Palmen, ergießen sich rauschend auf den blühenden Hibiskus und trommeln auf die großen Blätter der Bananenstauden. Der Himmel ist von düsteren, fast unheimlich wirkenden Wolken verhangen. Brütende Hitze lässt das dichte Grün am Fluss dampfen. Aufsteigende Nebelschleier ziehen über die Wasserfläche. Das andere Ufer ist nicht mehr zu erkennen.

Juan, einer der Fahrer wartet im Wagen vor dem Eingang auf Claudia. Eigentlich hätten sie längst losfahren müssen, um rechtzeitig zu der großen Abschlussfeier des Jahrganges in der Universität zu sein. Endlich kommt sie. Sie trägt eine elegante, wenn auch etwas altmodische, hochgeschlossene Bluse und einen langen, engen Rock. Eine Perlenkette der Großmutter ziert ihren schlanken Hals. Ungeschminkt und mit hochgestecktem Haar erscheint sie streng und unnahbar, puritanisch. Nur ihre hohen Absätze passen nicht zu diesem Bild. Neben der restlichen Kleidung wirken sie fast obszön.

„Der Regen hört heute überhaupt nicht mehr auf. So ein Pech. Wie soll ich denn trocken in das Universitätsgebäude gelangen?" Nervös steigt sie in das Auto. „Wir sind spät dran." Ein vor Nässe triefender Wächter öffnet das Tor. Juan folgt zügig dem gewohnten Weg, ständig bemüht die großen Pfützen möglichst zu umfahren, da man nie weiß, wie tief sie sind oder ob ein Gullydeckel fehlt. Endlich erreichen sie die Universität. Juan hält im Schutz eines großen Baumes am Straßenrand, nahe dem Eingang. Nur wenige Leute sind hier unterwegs. Die Gäste der Feier sind schon längst im Saal und andere Passanten sind unter das nächste Dach geflüchtet. Mit einem großen Regenschirm eilt er um das Auto und öffnet Claudia die Wagentür. Der lange, enge Rock erweist sich beim Aussteigen als außerordentlich hinderlich. Höflich reicht er ihr deshalb seine Hand und hilft ihr aus dem Fahrzeug. Dabei bemerkt er nicht, dass sich zwei Männer eilig nähern. Plötzlich wird er hochgerissen. Einer von ihnen hält ihm eine Pistole an seine Schläfe. „Keinen Ton", zischt ihm der Mann ins Ohr. Ehe Claudia begreift, was geschieht, hat sie der andere Mann auf die Straße gezerrt. Ein Auto rast heran, bremst und mit quietschenden Reifen stoppt es direkt neben ihnen. Die Tür wird aufgerissen und mit einem heftigen Stoß schleudert der Mann Claudia auf die Rückbank. Er folgt ihr und drängt sich neben sie. Sein Gefährte verpasst Juan noch einen heftigen Schlag auf den Hinterkopf bevor er auf den Beifahrersitz springt. Wenige Sekunden später ist das Auto verschwunden. Alles ging so schnell, dass niemand irgendetwas davon mitbekommen hat.

Als Juan wieder zur Besinnung kommt, sieht er sich verwirrt um. Zu spät. Wutschäumend muss er erkennen, dass er nichts mehr tun kann. Er spürt weder den Schmerz am Kopf noch den strömenden Regen. Nur ein einziger Gedanke beherrscht ihn nun: Wie soll er Claudias Vater erklären, was geschehen ist? Immer wieder hatte er ihm vollmundig versprochen, als erfahrener Bodyguard auf Claudia besonders gut aufzupassen. Und nun hat er sich doch überrumpeln lassen und kläglich versagt.

Der Wagen mit Claudia und den drei Männern fährt in die Hafengebiete am Fluss. Schnell hat sie jede Orientierung verloren. Der Regen ist so stark, dass sie kaum etwas erkennen kann. Doch dieser Teil der Stadt ist ihr ohnehin völlig unbekannt. „Lassen Sie mich sofort frei!" Vom ersten Schreck einigermaßen erholt, hat sie ihren gewohnten Befehlston wiedergefunden. „Du hast uns überhaupt nichts zu sagen, Mädchen. Die Befehle geben wir hier!", antwortet der Mann neben ihr mit einem zynischen Lächeln. „Wissen Sie eigentlich, wer mein Vater ist? Er hat viele mächtige Freunde bei der Polizei und man wird Sie ziemlich schnell finden." „Natürlich wissen wir, wer dein Vater ist und er wird brav zahlen. Wir werden sehen wie viel ihm seine Tochter Wert ist." Wütend mustert Claudia den immer noch lächelnden Mann neben sich. Er ist um die Dreißig, braun gebrannt, hat schwarzes Haar und eine eigenartige Narbe am rechten Oberarm. Sein Akzent verrät, dass er aus Kolumbien stammen muss. Der Beifahrer dreht sich um und betrachtet Claudia mit abschätzigem Blick. Er ist unverkennbar ein Indígena aus dem Hochland. „Dir wird das Befehlen schon vergehen, meine Hübsche." Es folgt noch eine Bemerkung in seiner eigenen Sprache, die Claudia nicht versteht und er blickt wieder nach vorne. Der Fahrer konzentriert sich schweigend auf die Straße. Sein Gesicht kann sie nicht sehen.

Schließlich stoppt das Auto vor einem alten, halb verfallenen Lagerhaus. Claudia wird über eine schmale eiserne Treppe in ein oberes Geschoss geführt. Immer wieder bleibt sie mit ihren Pfennigabsätzen in dem Gitterboden hängen. Um nicht zu stürzen, muss sie den engen Rock ein gutes Stück hochziehen. „Endlich sieht man etwas von deinen Beinen, Schwester", amüsiert sich der Indígena vom Beifahrersitz, der dicht hinter ihr folgt. „Schade, dass du nicht mehr davon zeigst!" Ein Blick voller tiefer Verachtung ist ihre Antwort. Einer der Räume oben ist ganz offensichtlich als Gefängnis vorbereitet worden. Ein schäbiges Bett, ein Tisch, ein Stuhl auf nacktem Betonboden und eine Wasserflasche mit einem schmutzigen Glas daneben ist alles, was es dort gibt. Durch ein vergittertes Fenster sieht man auf eine gegenüberliegende Wand, die wohl auch zu einer Lagerhalle gehört. Der bislang schweigsame Fahrer des Wagens erweist sich jetzt als Anführer der Gruppe. „Du übernimmst die erste Wache Carlos", befiehlt er dem Mann vom Rücksitz in strengem Ton. „Und du, Rogelio, löst ihn um Mitternacht ab." Dann wendet er sich Claudia zu.

„Wenn du vernünftig bist, dich an unsere Anweisungen hältst und dein Vater bezahlt, wird dir nichts geschehen." Er versucht, dabei einen fast freundlichen Ton zu finden, doch sein Gesicht wirkt hart und entschlossen. „Falls du jedoch auf dumme Gedanken kommst, wirst du es bitter bereuen." Die drei verlassen den Raum und verschließen die Tür. Claudia hört noch, wie der Anführer der Bande Rogelio in gereiztem Ton warnt: „Du lässt mir die Finger von dem Mädchen, verstanden!" Auf Zehenspitzen stehend, kann sie wenig später durch das Fenster beobachten, wie er und Rogelio davonfahren.

Grabesstille. Der Mann mit der Narbe, den sie Carlos genannt haben, hat wohl irgendwo im Gebäude seinen Posten bezogen. Aber auch von ihm ist nichts zu hören. Sie ist allein. Nun ist tatsächlich das geschehen, vor dem sich nicht nur Claudias Familie schon immer gefürchtet hatte: Trotz aller Wächter ist sie entführt worden und der Vater wird ein hohes Lösegeld zahlen müssen, um seine Tochter lebend und wohlbehalten zurückzubekommen. Der Albtraum aller Begüterten im Lande ist ausgerechnet für ihre Familie zur schrecklichen Realität geworden. Es wird schon gut gehen. Nur ruhig bleiben und die Nerven nicht verlieren, sagt sie sich wieder und wieder, doch es will ihr nicht gelingen. Aufgewühlt wälzt sie sich von einer Seite auf die andere und findet keinen Schlaf. Erst weit nach Mitternacht übermannt sie endlich die Müdigkeit.

Der lang gezogene, tiefe Ton einer nahen Schiffssirene weckt sie wenig später wieder auf. Es ist noch früh am Morgen und wird gerade erst hell. Im ersten Augenblick weiß sie nicht, wo sie sich eigentlich befindet, doch schnell kehrt sie in die Wirklichkeit zurück. Sie, die auf jede kleinste Einschränkung ihrer Freiheit ganz besonders empfindlich reagiert, ist nun eine Gefangene. Stets darauf bedacht, sauber und gepflegt zu sein, liegt sie jetzt auf einem vor Schmutz starrenden Bett. Rock und Bluse sind restlos zerknittert. Wirre Haarsträhnen verbergen Teile eines von Schrecken gezeichneten Gesichts. Gewohnt, im Mittelpunkt zu stehen und bewundert zu werden, kommt es ihr jetzt vor, als habe man sie wie ein hübsches, aber zerrissenes Ballkleid aussortiert und dort abgelegt, um zu probieren, noch etwas Geld dafür zu bekommen, bevor man es sonst entsorgt. Jemand hat sogar noch die Schuhe hinterhergeworfen, denkt sie, als ihr Blick auf ihre hochhackigen Schuhe auf dem kahlen Boden mitten im Raum fällt. Auch für die interessiert sich niemand mehr. Selbst eine dicke Kakerlake läuft achtlos daran vorbei.

Die Tür wird aufgeschlossen und Rogelio betritt den Raum. Mit einer abfälligen Geste stellt er einen Teller mit einem Stück Brot und einer undefinierbaren, breiigen Masse auf den Tisch. „Ihr Frühstück ist angerichtet, Señorita!" Mit einem diabolischen Grinsen betrachtet er sie. Langsam wandern gierige Augen über jeden Teil ihres Körpers. Doch es ist nicht nur Lust, die ihn beherrscht. Sein stechender Blick verrät auch blanken Hass.

Als Kind hatte Rogelio erlebt, wie seine Familie und zahllose Angehörige seines Volkes um ihn herum bitter verelendet sind, nachdem man sie von ihrem Land verdrängt oder vertrieben hatte. Mit der Abwanderung aus ihren angestammten Gebieten in die Städte wurden die letzten, ihnen noch verbliebenen Gemeinschaftsstrukturen zerstört. Ihre traditionelle Lebensform war endgültig und unwiderruflich untergegangen. Ein großer Teil von ihnen fand sich in der sie nun umgebenden fremden Welt nicht mehr zurecht. So auch sein Vater. Seiner Lebensgrundlage beraubt, lungerte er entwurzelt und marginalisiert in irgendwelchen Elendsquartieren herum oder bettelte auf den Parkplätzen der Supermärkte in den Vorstädten. Rogelio musste miterleben, wie er das Schicksal vieler anderer Männer seines Volkes teilte und dem Alkohol verfiel. Als er ihn das letzte Mal gesehen hatte, lag er mit grotesken Verrenkungen reglos am Rand einer Landstraße zwischen irgendwelchem Müll, den man dort weggeworfen hatte. Ob wieder im Vollrausch oder vom Tod bereits erlöst, Rogelio wusste es nicht und wollte es auch nicht mehr wissen. Seine Mutter war kurz darauf ebenfalls verschollen und so mussten er und seine Geschwister sich irgendwie alleine durchschlagen. Niemand half ihm dabei. Niemand interessierte sich für sein Schicksal. Es gab zu viele dieser Tragödien, um mit einzelnen von ihnen mitfühlen zu können. Zudem war in seinem Umfeld jeder viel zu sehr damit beschäftigt erst einmal das eigene Dasein abzusichern, als sich auch noch den Kopf über die Probleme anderer zu zerbrechen. Auch seine jetzigen Partner haben sich nie um Rogelios Vergangenheit oder sein seelisches Befinden gekümmert. So wissen sie nichts von seinen daraus erwachsenen Handlungsmotiven, Absichten und Gefühlen. Ein großer Fehler, den sie schon sehr bald bitter bereuen sollen.

Stoisch und gottergeben hatte Rogelio sein Schicksal zunächst erduldet. Doch anders als Claudias Dienstmädchen Marta gehört er zu den *Indígenas,* deren Fatalismus und Leidensfähigkeit ganz plötzlich in unkontrollierbare Emotionen und Gewalttätigkeit umschlagen können, wenn eine geheimnisvolle Schmerzgrenze überschritten wird. So begann er, auf Rache für das Erlittene und Erlebte zu sinnen. Am Anfang wusste er nicht recht, gegen wen er seinen Zorn eigentlich richten musste. Doch mit der Zeit sah er in jedem weißen Grundbesitzer oder Begüterten jemanden, der sich im Zweifel direkt oder indirekt auf Kosten seines Volkes bereichert hat, und erklärte ihn damit zu seinem Feind. Sie alle dafür zu strafen, ist nun für ihn zu einer Besessenheit geworden. Politik oder Ideologie hat ihn dabei nie interessiert. Er sucht schlicht nach Rache für all die grausamen Bilder, die sich unauslöschlich in sein Gehirn eingegraben haben. Anders als seinen Kumpanen geht es ihm daher fast bei diesem Job hier nicht allein um Geld.

Die junge Frau aus reichem Hause vor ihm steht nicht nur für sein manisches Feindbild. Hinzu kommt auch noch ihr besonders arrogantes Auftreten, ihre spürbare Verachtung für ihn, die seine Wut ins Unermessliche steigern. Liebend gern würde er die Gelegenheit nutzen, um auf der Stelle über sie herzufallen und seinen Gefühlen freien Lauf zu lassen. Es kostet ihn gewaltige Anstrengung es nicht zu tun. Bevor er doch noch schwach wird und dazu hinreißen lässt, gegen die Befehle seines Bosses zu verstoßen, verlässt er lieber schnell wieder den Raum.

Drei Tage vergehen. Die Entführer nehmen sich Zeit, um die Lösegeldforderung sorgfältig vorzubereiten. Man will kein Risiko eingehen. Es ist später Nachmittag. Carlos und sein Partner sitzen im Nebenraum zusammen, um über die letzten Einzelheiten der Lösegeldübergabe zu beraten, als sich plötzlich mehrere Polizeisirenen aus der Ferne nähern. Sie werden lauter und lauter. Die Männer springen auf und stürzen zum Fenster. Äußerst angespannt warten sie darauf, was geschieht. Doch die Fahrzeuge scheinen sich wieder zu entfernen. Einigermaßen beruhigt nehmen sie erst einmal einen Drink auf den Schrecken. Warum sollte man sie hier auch finden. Der Platz ist gut gewählt und ein sicheres Versteck. Doch bei aller Umsicht und Sorgfalt haben sie die Rechnung ohne Rogelio gemacht. Auch wenn sie immer wieder Zweifel an seiner Zuverlässigkeit hegten, hatte keiner von beiden darauf geachtet, wie sich Rogelio bei jeder Begegnung mit Claudia tiefer und tiefer in seinen Hass auf sie hineinsteigerte. Da sie nichts über ihn wussten, hatten sie seiner rasch wachsenden Wut auch keine besondere Bedeutung beigemessen und ahnungslos darauf vertraut, dass er seine ihm zugeteilte Aufgabe ordnungsgemäß erfüllt.

Als sie sich am nächsten Tag wieder treffen fehlt Rogelio. Eigentlich sollte er Claudia bewachen und ihr längst etwas zu essen gebracht haben, doch er lässt sich auch jetzt noch nicht blicken. „Wie immer unzuverlässig", knurrt Carlos. „Man kann dem *Indio*[3] einfach nicht trauen." „Leider hast du recht. Wir sollten uns wirklich einen anderen Partner suchen." Claudia hört zwar die Stimmen der beiden Männer, doch trotz aller Bemühungen, kann sie nicht verstehen, worüber sie sprechen. Durstig und hungrig wankt sie zwischen Zorn und Verzweiflung hin und her, hat aber erstaunlich wenig Angst. Das Gefühl, dass die beiden Männer nebenan offenbar Profis sind, und genau wissen, was sie tun, gibt ihr seltsamerweise etwas Sicherheit und Zuversicht. Sie verfolgen zwar konsequent und gnadenlos ihr Ziel, bleiben dabei aber gelassen und berechenbar. Damit scheint ihr zumindest die Gefahr, Opfer emotionaler Kurzschlusshandlungen zu werden, eher gering. Neben dem kargen Essen gilt ihre größte Sorge vor allem der Hygiene. Seit Tagen trägt sie nun dieselben Sachen und zum Waschen und der Notdurft hat man ihr nur einen Eimer Wasser, zwei Plastikschüsseln und einen alten Lappen als Handtuch gegeben. Ein für sie unerträglicher Zustand. Wenigstens bringt Carlos ihr endlich etwas zu essen und zu trinken.

---

[3] Heute meist abwertender Begriff für die indigene Bevölkerung

Kaum hat er sie wieder verlassen und die Tür verschlossen, werden die beiden Entführer erneut von sich nähernden Motorgeräuschen aufgeschreckt. Diesmal wird es allerdings tatsächlich ernst. Drei Autos fahren auf die Lagerhalle zu. Mehrere, ihnen unbekannte Männer steigen aus. „Ist da nicht Rogelio?" Carlos ist sich ziemlich sicher, ihn für einen Moment zwischen den Männern gesehen zu haben. „Rogelio! Wusste ich es doch! Der verdammte Mistkerl hat uns verraten. Deshalb ist er hier nicht mehr aufgetaucht." „Warum soll er das getan haben?" „Weil du ihn nicht an die Kleine gelassen hast. Du weißt doch selbst, dass er immer nur Sex im Kopf hat!" „Wahrscheinlich hast du recht." „Aber an wen hat er uns verpfiffen? Was sind das für Männer?" „Polizei ist das jedenfalls nicht. Dennoch sollten wir schleunigst verschwinden. Zu zweit können wir gegen die nichts ausrichten." „Und das Mädchen?" „Vergiss sie, wir müssen uns jetzt erst selber in Sicherheit bringen und herausfinden, wer diese Leute dort sind. An Lösegeld ist wohl nicht mehr zu denken." Claudia hört, wie die beiden eilig die eiserne Treppe hinunterrennen.

Wenig später kommt jemand die Treppe wieder hinauf und Schritte nähern sich ihrer Tür. Von unten brüllt eine fremde Stimme. „Hier unten ist keiner mehr. Vielleicht findet ihr da oben noch jemanden." Kurz darauf wird ihre Tür aufgerissen und mehrere Männer drängen in den Raum. „Hey, wir haben Glück. Hier ist das Mädchen!" Sie ergreifen Claudia und drängen sie eilig zur Treppe. „Los komm schon, wir haben keine Zeit zu verlieren!" Schnell greift sie noch nach ihren Schuhen. Behindert durch den engen Rock, stürzt sie die Stufen fast hinab. Einer der Männer bückt sich und reißt ihn bis weit nach oben auf. Verwirrt versucht sie zu verstehen, was um sie herum geschieht. Sind die Männer gekommen, um sie zu befreien? Polizei? Sie stolpert aus der Tür der dunklen Lagerhalle ins Freie. Geblendet von dem hellen Licht draußen, kann sie zunächst nichts erkennen. Ein Mann greift sie am Arm und zieht sie zu den Autos. Barfuß läuft sie über den Hof. Der zerfetzte Rock lässt nun nicht nur ihre nackten Beine sichtbar werden. Mit eisernem Griff hält sie ihre Schuhe fest, als könnte sie sich wenigstens damit wieder bekleiden, wie Sittsamkeit und Anstand es verlangen. Hoffnungsvoll sieht sie sich um. Einige der Männer tragen Waffen, aber sie kann nirgends Polizeiuniformen sehen. Grob wird sie in eines der Autos gestoßen. Dann entdeckt sie zwischen den Männern plötzlich Rogelio. Mit breitem Grinsen ruft er ihr zu: „Na dann viel Glück *Señorita* und viel Spaß, aber den wirst du nun garantiert haben." Jetzt bekommt Claudia wirklich Angst.

Gewitterwolken

In der weißen Villa am Fluss hat die Nachricht von Claudias Entführung natürlich wie eine Bombe eingeschlagen. Ihre Mutter und die Hausmädchen haben es noch immer nicht fassen können. In Tränen aufgelöst laufen sie ziellos durch das Haus. Claudias Vater hat sofort Himmel und Hölle in Bewegung gesetzt, um sie wieder aufzufinden. Hoch nervös warten alle auf eine Nachricht von ihr oder ihren Entführern. Doch bislang ist nichts geschehen. Kein Anruf, keine Mail, keine Nachricht, einfach nichts. Tage sind vergangen und die Verzweiflung der Familie wächst. Voller Gram und Ungeduld ruft der Vater immer wieder seine Freunde und Bekannten bei der Polizei an. Dort versichert man ihm jedoch nur stets auf das Neue, sich mit allen Kräften zu bemühen, Claudia und die Täter zu finden. Sie bleibt aber spurlos verschwunden.

Als Álvaro von der Entführung hört, nimmt er das zunächst gelassen auf. Ihr Vater wird sicherlich zahlen und sie bald wieder bei sich haben. Vielleicht verliert sie durch diese Erfahrung endlich ihre Arroganz, geht ihm einen Moment lang zynisch durch den Kopf. Doch dann muss er an eigene Erlebnisse in seiner Vergangenheit zurückdenken. Bilder eines tief im Urwald verborgenen Lagers der Guerilla im Südosten Kolumbiens tauchen vor ihm auf. Notdürftig auf Pfählen errichtete Dächer aus Palmenblättern. Darunter verschlissene Hängematten, ein paar grob zusammengenagelte Tische und Bänke. Bilder von gewaltigen Gewitterwolken, die über die einsame Wildnis ziehen, zuckende Blitze. Er hört wieder die sintflutartigen Wassermassen der Regengüsse prasselnd auf das dichte Blätterverhau rings um das Lager niedergehen. Er sieht die Gesichter entführter Gefangener, die man dorthin gebracht hatte, um von ihnen oder ihren Angehörigen Lösegeld zum Kauf von Lebensmitteln und Waffen zu erpressen. Von Furcht und Verzweiflung gezeichnet lagen die meisten von ihnen apathisch in ihren Hängematten. Zerstochen von Mücken und erschöpft von der drückend feuchten Hitze starrten sie in das sie wie eine unüberwindliche Mauer umgebende Pflanzengewirr. An Flucht war nicht zu denken. Manche waren nie zuvor im Urwald und sahen sich angsterfüllt nach Schlangen, Spinnen, Skorpionen und anderen giftigen Tieren um. Ihnen unbekannte Geräusche ließen sie nachts keinen Schlaf finden. Die Mahlzeiten waren äußerst spärlich. Außer einem Bad im Fluss gab es keine Möglichkeit zur Körperpflege. Ihre stets nasse Kleidung begann zu schimmeln, ohne dass sie etwas dagegen tun konnten. Die primitiven Verhältnisse ließen sie verwahrlosen. Krankheiten brachen immer wieder aus. Viele litten nach kurzer Zeit an Malaria. Medikamente gab es fast keine. Das Schlimmste war aber die Ungewissheit über das weitere Schicksal. Voller Hass und Verzweiflung grübelten sie über den Verlust ihres Vermögens nach und fragten sich, wie es weitergehen soll, falls sie dieser Hölle überhaupt jemals lebend wieder entkommen sollten. Hilflos der Willkür ihrer Entführer ausgeliefert, blieb ihnen jedoch nichts anderes übrig, als zu warten. Manchmal viele Monate lang.

Diese Bilder vor Augen macht Álvaro sich keine Illusionen über Claudias Lage. An ein luxuriöses Leben gewöhnt wird sie bitter leiden, gleich ob sie an einem genauso abgelegenen Ort draußen auf dem Land oder in einem Versteck in der Stadt festgehalten wird. Als besonders qualvoll wird sie es empfinden, den Befehlen brutaler, gnadenloser Verbrecher gehorchen zu müssen. Möglicherweise haben sich die Entführer sogar an ihr vergangen. Was wird mit ihr geschehen? Wird man sie wirklich frei lassen, wenn ihr Vater das Lösegeld bezahlt? Oder beseitigen die Entführer sie lieber, bevor sie ihnen mit ihren Aussagen und Täterbeschreibungen gefährlich werden kann.

Vielleicht wird sie aber schon vor ihrer Freilassung von Krankheit, mangelhafter Ernährung und Hygiene dahingerafft. Dabei muss er an Julio, eine der Geiseln in dem Lager der Guerilla denken. Julio hatte das geforderte Lösegeld bereits bezahlt und sollte in wenigen Tagen nach Hause zurückkehren dürfen. Die Freiheit schon vor Augen, erlag er jedoch den ungewohnten Strapazen. Trotz dieses tragischen Schicksals konnte Álvaro allerdings für ihn keinerlei Mitleid empfinden. Vielmehr sah er darin die gerechte Strafe für das, was Julio und sein Freund Elias vor ihrer Gefangenschaft seiner Familie angetan hatten.

Don Julio und Don Elias, wie die beiden ehrfurchtsvoll im Dorf genannt wurden, besaßen ausgedehnte Ländereien am Fuße der östlichen Anden. Álvaros Familie lebte in der Nähe auf einer kleinen *Finca* [4], die sein Vater von seinem Vater geerbt hatte. Álvaro hatte dort eine sorglose Kindheit verbracht. Mit den Erträgen des kleinen Landbesitzes hatte die Familie jedoch gerade so viel, wie sie zum Leben benötigte. An eine Ausbildung für Álvaro war daher nicht zu denken. Doch er hatte Glück. Ein Onkel verhalf ihm zu einem Studium an der Universität in Bogotá. Er begann ein Jurastudium und lernte Englisch. Je ausführlicher er sich dabei mit den gesellschaftlichen und sozialen Verhältnissen in seinem Land befasste, desto drastischer verstießen sie gegen sein Gerechtigkeitsgefühl. So begann er sich in linken Aktionsgruppen zu engagieren.

Da geschah es, dass sich Don Julio und Don Elias verbündeten, um gemeinsam seinen Vater unter Druck zu setzen, ihnen seine *Finca* zu verkaufen. Álvaro hatte alles getan, um das

---

[4] Kleiner Bauernhof, Grundbesitz

abzuwehren. Dennoch musste er bitterlich erfahren, dass Macht und Einfluss der beiden Großgrundbesitzer weit stärker waren, als Recht und Gesetz. Es wurden Dokumente gefälscht und bewaffnete Helfer bedrohten seine Eltern. Als bei einer Schießerei Álvaros kleine Schwester umkam, gab die Familie auf. Don Julio und Don Elias hatten ihr Ziel erreicht. Niemand kam jemals auf die Idee, die beiden für ihre Taten zur Rechenschaft zu ziehen. Álvaros Familie musste eine armselige Unterkunft in Suacha, einem Elendsviertel im Süden von Bogotá beziehen. Wieder sieht er seinen Vater vor sich, wie er trotz seines fortgeschrittenen Alters verzweifelt jede noch so schwere Arbeit annahm, um die restliche Familie ernähren zu können. Den Tod seiner Tochter und den Verlust der *Finca* hat er niemals überwunden.

Diese Ereignisse hatten Álvaros Vertrauen in die Justiz restlos zerstört. Seine politischen Einstellungen radikalisierten sich mehr und mehr. Schließlich ließ er sich von einem Jugendfreund aus seinem Dorf überzeugen, sein Jurastudium aufzugeben, Bogotá zu verlassen und sich einer Gruppe der Guerilla anzuschließen, die ganz in der Nähe der ehemaligen väterlichen Finca operierte. So war er in das Urwaldcamp gelangt. Es waren einige Monate vergangen, da entdeckte er zu seiner großen Überraschung unter den neuen Geiseln, die seine Kameraden in das Camp brachten seine beiden erbitterten Feinde. Für Don Julio wurde der Aufenthalt dort zum Verhängnis. Don Elias kam zwar frei, seines Vermögens beraubt, kehrte er aber als gebrochener Mann aus der Gefangenschaft zurück. Für Álvaro hatte nun doch noch die Gerechtigkeit gesiegt und er wurde deutlich ruhiger. Mit dem weltweiten Niedergang sozialistischer Regime kamen ihm im Laufe der Zeit immer mehr Zweifel an der Rechtfertigung seines Tuns. Der Gewalt und Erpressung überdrüssig, hatte er schließlich entschieden, die Guerilla zu verlassen.

Doch die Schatten der Vergangenheit holten ihn bald wieder ein. Don Elias hatte ihn unter seinen Entführern natürlich erkannt und ihm seinerseits Rache geschworen. Nach seiner Befreiung hatte er unverzüglich dafür gesorgt, dass Álvaro auf die Todeslisten der wegen ihrer besonderen Grausamkeit gefürchteten *Autodefensas*[5] gesetzt wurde. Damit war für Álvaro an einen Neuanfang mit einem friedvollen Leben jenseits von Hass und Brutalität nicht mehr zu denken. Gnadenlos gejagt von deren Häschern, musste er fliehen und das Land so schnell wie möglich verlassen.

Gemeinsam mit einigen seiner ehemaligen Kampfgefährten setzte er sich nach Ecuador ab. Auch sie hatten, ihrer politischen Ideale beraubt, der Guerilla den Rücken gekehrt. Als sie die Hafenstadt Guayaquil erreicht hatten, trennten sich jedoch ihre Wege. Seine Freunde verbündeten sich dort mit irgendwelchen kriminellen Gruppen und verschwanden im Untergrund. Álvaro wollte sich nicht an ihren Vorhaben beteiligen. Er strebte endlich ein normales Leben an, und suchte sich eine Arbeit. So wurde aus einem Guerillero ein Gärtner; ausgerechnet in der Residenz eines Oligarchen und einstigen Klassenfeindes.

Auch wenn er seine politischen Aktivitäten aufgegeben hat, ist Álvaro dennoch ein hoffnungsloser Idealist geblieben. Unverändert träumt er von Gerechtigkeit und Gleichheit in einer besseren Gesellschaft, einer Welt frei von materiellen Begierden. Auf Claudias Geburtstagsfeier wurde ihm hingegen nicht nur die Wirklichkeit, sondern auch seine Ohnmacht, etwas

---

[5] Paramilitärische „Selbstverteidigungsgruppen"

ändern zu können, besonders deutlich vor Augen geführt. Um seine Perspektivlosigkeit ertragen zu können, tut er immer wieder das, was er schon als Kind auf der väterlichen *Finca* getan hat, wenn er Trost und Hilfe suchte. Er sitzt nachts am Fluss, lauscht dem Konzert der Zikaden und Fröschen, hängt seinen Gedanken nach.

Von all dem weiß in der Villa keiner etwas, und es interessiert dort auch niemanden. Selbst von den Dienstboten ist Álvaro bislang noch nie nach seiner Vergangenheit, seiner Familie oder seinen Problemen gefragt worden. Für alle ist er nur der Gärtner. Nichts und niemand sonst.

Claudia! Abgesehen davon, dass sie für ihn unerreichbar ist, hat er ihr bisher sehr argwöhnisch gegenübergestanden. Ihre Arroganz und ihr herrischer Auftritt stoßen ihn genauso ab, wie die kindliche Art eines verwöhnten Mädchens. Die seltsame Mischung von Naivität und Unschuld auf der einen Seite und dem unerträglichen Hochmut auf der anderen, hat er bislang noch nie erlebt. Er kann auch nicht verstehen, wie ein junger Mensch so oberflächlich und gedankenlos in den Tag hineinleben kann.

Doch jetzt, wo sie entführt worden ist, wird ihm plötzlich bewusst, dass sie dennoch etwas Anziehendes auf ihn ausstrahlt. Dabei treibt ihn ein Gefühl, dass sie tief in ihrem Inneren noch eine andere, geheimnisvolle Persönlichkeit verbirgt, von der sie vielleicht selber gar nichts ahnt. Schlaflos liegt er im Bett und denkt über sie nach. Dabei verspürt er mit einem Male tiefes Mitgefühl. Das hatte sie sicher nicht verdient. Arme Claudia!

Plötzlich kommt ihm ein niederschmetternder Gedanke. Womöglich trägt er sogar eine Mitschuld an ihrer Entführung! Nach seiner Ankunft in Guayaquil hatte er sich noch einmal mit Carlos, einem seiner ehemaligen Mitkämpfer von der FARC [6], getroffen bevor er auch zu ihm die Verbindung endgültig verlor. Er erinnert sich noch genau an das Gespräch. Carlos hatte ihn gefragt, wo er arbeitet. Gedankenlos hatte er ihm daraufhin seinen neuen Arbeitsplatz in allen Einzelheiten geschildert, ohne dass ihm in den Sinn gekommen wäre, dass Carlos diese Informationen vielleicht an irgendwelche seiner kriminellen Verbündeten weitergeben könnte.

Die Vorstellung, dass er es damit selbst gewesen sein könnte, der Claudia zum Opfer einer Entführung gemacht hat, lässt Àlvaro keine Ruhe mehr. Er beschließt, Carlos zu suchen, um sich Gewissheit zu verschaffen, ob ihn an der Tat eine Mitschuld trifft oder nicht. Seit dem Gespräch ist sein Kontakt zu Carlos jedoch abgebrochen und er hat keine Ahnung, wo er ihn finden könnte. In seiner Freizeit klappert er alle möglichen Hafenkneipen und Treffpunkte ab, von denen er weiß, dass sich dort gerne Kolumbianer mit ihren Landsleuten treffen. Schließlich hat er Glück. In einer finsteren Bar ist Carlos als *„Guerillero colombiano"* bekannt. Er hatte dem schnauzbärtigen Wirt gegenüber auch einmal angedeutet, wo er wohnt. Álvaro muss dem verschlagenen Mann allerdings einen spürbaren Teil seines Monatslohnes geben, bis er endlich die Information herausrückt. Der genannte Ort liegt weit außerhalb des Stadtzentrums in einem Gewirr von armseligen Holzhütten. Wiederum muss Álvaro sich dort mühsam nach Carlos durchfragen, doch niemand will ihn kennen. Álvaro ist schon kurz davor, seine Bemühungen aufzugeben, als er von Kindern, die im Schlamm zwischen den Hütten spielen, endlich doch einen Tipp bekommt, wo er seinen Freund finden

---

[6] Kolumbianische Guerillagruppe

könnte. In einem elenden, halb offenen Holzverschlag gelangt er tatsächlich an sein Ziel. Im Halbdunkel sitzt Carlos und verfolgt auf einem vorsintflutlichen Fernsehapparat gebannt ein Fußballspiel.

„Hola, hermano, Que tal?" „Hey Bruder, wie geht es dir?" Überrascht dreht sich Carlos um. „Álvaro, was machst du denn hier? *Como estás? Que cuentas? Que hubo amigo*?" „Wie geht es? Was gibt es zu erzählen? Wie ist es dir ergangen, mein Freund? Wie hast du mich gefunden?" Freudig und wortreich begrüßen sich beide, wie man es unter Kolumbianern zu tun pflegt. Álvaro löst sich wieder aus der Umarmung. „Was machen die Geschäfte, Carlos?" „Mir geht es gut, aber uns ist gerade ein gutes Geschäft danebengegangen. Sehr ärgerlich, denn ich brauche dringend Geld." „Tut mir leid für dich, Bruder. Was machst du denn für Geschäfte?" „Na das, was wir gelernt haben." Lachend sucht er nach einer Bierflasche. Doch alle, die er findet, sind leer. „Ich kann doch einen alten Freund nicht verdursten lassen". Mühsam zerrt er eine Bierkiste unter einem Tisch hervor. „Verdammte Schusswunde!" Er reibt sich den vernarbten, aber offenbar schmerzenden Oberarm. „Und du pflegst noch immer den Garten des Oligarchen?" „Bislang ist mir nichts Besseres eingefallen." Gemeinsam rufen sie alte Erinnerungen wach. Nach einer Weile kommt Àlvaro scheinbar beiläufig zum Thema. „Übrigens, hast du in den letzten Tagen einmal von einer Claudia gehört, mit der jemand Geld verdienen will? Eine Bekannte von mir mit diesem Namen ist seit einigen Tagen verschwunden." „Du redest doch nicht etwa von der Tochter deines Chefs?" Mit seltsamem Grinsen sieht er Álvaro an. „Hattest du etwas mit ihr?" Und dann fügt er mehr an sich selbst als an Álvaro gerichtet hinzu: „Sie hätte ihren Entführern viel Geld einbringen können, wenn sie nicht verraten worden wären." „Was meinst du damit?" „Ach nichts."

Sichtlich verärgert starrt Carlos auf seine Bierflasche. „Was weißt du von dem Fall?" „Nichts." Er sieht nun Álvaro wieder an. „Ich hörte nur kürzlich, dass ein entführtes blondes Mädchen auf ein Schiff nach Buenaventura verschleppt worden sein soll." „Kennst du die Leute, die das getan haben?" „Die sollte man lieber nicht kennen, mit denen ist nicht zu spaßen. Ihren Anführer nennen sie Pacho. Er soll Kolumbianer sein und in Buenaventura alle möglichen finsteren Geschäfte betreiben. Aber lass uns lieber über etwas Erfreulicheres reden. Hast du eine Freundin?" Er möchte offensichtlich nichts weiter darüber sagen. Einen weiteren Versuch, mehr zu erfahren, hält Álvaro für zwecklos. Ohne das Thema von Claudias Entführung noch einmal zu berühren, sitzen die beiden noch eine Weile zusammen. Mühsam verbirgt Álvaro seine Betroffenheit und macht sich schließlich auf den Heimweg. „*Chévere*[7], schön, dich mal wiedergesehen zu haben. Lass dich doch öfter mal hier blicken", ruft Carlos ihm hinterher.

Álvaro ist nun sicher, dass Carlos an der Entführung beteiligt ist und viel tiefer in der Sache steckt, als er angedeutet hat. Strömender Regen durchnässt ihn bis auf die Haut und lässt ihn frösteln. Was wird nun mit ihr geschehen? Die Erkenntnis, dass er vermutlich einen Teil der Verantwortung für ihr grausames Schicksal mitträgt, lässt ihn keine Ruhe mehr finden. Stundenlang grübelte er darüber nach, wie er ihr helfen könnte. Schließlich ringt er sich dazu durch, Claudias Vater anzusprechen. Er erzählt ihm, er habe zufällig von kolumbianischen Freunden gehört, dass eine junge Frau nach Buenaventura verschleppt worden sein soll, auf das die Beschreibung seiner Tochter passen könnte. Und dann bietet er

---

[7] Häufig gebrauchter kolumbianischer Ausdruck für „prima"

dem verblüfften Vater an, selbst dorthin zu reisen und nach seiner Tochter zu suchen. Ohne viele Fragen zu stellen, greift der verzweifelte Vater nach diesem letzten, sich bietenden Strohhalm und setzt alle Hoffnungen in seinen geheimnisvollen Gärtner. Ausgestattet mit einer Geldsumme in einer Höhe, wie er sie noch nie in seinem Leben besessen hatte, begibt sich Álvaro auf die Reise nach Buenaventura, wild entschlossen Claudia zu finden und sie aus ihrer sicherlich grausamen Lage zu befreien.

Sturm

Claudia wäre fast zu Boden gestürzt. Taumelnd gelingt es ihr im letzten Moment nach dem Rahmen der Koje vor ihr zu greifen und sich mit aller Kraft daran festzuklammern. Sie wollte gerade hineinklettern, als das Schiff sich ganz plötzlich stark auf die Seite legt. Zappelnd hängt sie in der Luft. Der kleine, uralte Küstenfrachter hat die offene See erreicht und dreht auf einen neuen Kurs. Dabei rollt und stampft er wild in der hohen Dünung. Langsam richtet er sich wieder auf. Nach dem Boden tastend, finden ihre Füße endlich Halt. Bei der nächsten Abwärtsbewegung gelingt es ihr, sich mit Schwung hochzuziehen und auf der harten Matratze der Koje zu landen. Nun kann sie sich dem heftigen Auf und Ab besser anpassen. Das Schiff hört auf zu drehen und seine Bewegungen werden wieder gleichmäßiger. Dafür muss es nun mühsam gegen hohe Wellen angehen. Mit dumpfen Schlägen fällt es in tiefe Wellentäler, um sich gleich darauf wieder hoch aufzubäumen. Gischt weht über die Aufbauten und nimmt den Männern auf der Brücke immer wieder die Sicht. Jedes Mal, wenn der in der See versunkene Bug wieder auftaucht, um auf die nächste Welle gehoben zu werden, erscheint es wie ein Wunder, dass der rostige Seelenverkäufer dabei nicht auseinandergebrochen oder gleich ganz untergegangen ist.

An einer abgelegenen Pier hatte man Claudia in aller Eile über ein schmales Fallreep auf das Oberdeck des Frachters gezerrt. Kaum war sie an Bord, musste sie machtlos zusehen, wie die Leinen losgeworfen wurden und das Schiff ablegte. An Flucht war nicht zu denken. Wäre sie über Bord gesprungen, hätte man sie sofort wieder eingefangen. Ein hagerer, blasser Mann mit teilnahmsloser Miene brachte sie unter Deck. Am Ende eines Ganges öffnete er eine Tür. Aus dem Halbdunkel einer spärlich beleuchteten Kammer starrten sie zwei gespenstische Frauengesichter mit vor Angst weit aufgerissenen Augen an.

Stumm und voller Grauen verfolgten sie, wie Claudias Begleiter sie grob zu ihnen in den Raum stieß und die Tür hinter ihr wieder verschloss.

Die beiden Frauen musterten Claudia noch immer wortlos. Eine von ihnen, groß und mit langem blondem Haar, war deutlich älter als sie. Barfuß, nur mit einem kurzen Rock und einem verschlissenen T-Shirt bekleidet, war sie ständig damit beschäftigt, sich eine Haarsträhne aus dem Gesicht zu wischen. Endlich brach sie das Schweigen. „Ich bin Karin und wie heißt du?", fragte sie mit heiserer, kaum hörbarer Stimme: „Claudia." „Claudia", wiederholte Karin nachdenklich. Der Ton in dem sie das sagte und ihr Blick wirkten dabei auf Claudia so, als bereite die fremde Frau bereits einen Nekrolog auf sie vor. „Und das ist Rosa." Sie wies auf die zierliche, schwarzhaarige Frau neben sich. Rosa blickte die beiden aus verweinten Augen an, sagte aber kein Wort. Claudia schätzte sie auf höchstens achtzehn. Wieder stumm saßen sie eine Weile an einem kleinen Tisch in der Kabine und tranken den kalten, abgestandenen Kaffee, den man ihnen dort hingestellt hatte. Wie überall auf dem Schiff, roch es auch hier nach Dieselöl und Teer. Dazu kam die drückende Schwüle. Eine Belüftung oder gar eine Klimaanlage gibt es auf dem alten Kasten nicht. Die Kleidung der Frauen klebte an ihren schweißnassen Körpern. Feuchtes Haar hing wirr in ihre Gesichter. Ob die Bande ebenfalls Lösegeld für sie erpressen will? Aber dann hätte man sie vermutlich nicht auf ein Schiff gebracht. „Habt ihr eine Idee, was man mit uns vorhat?" Die beiden schüttelten den Kopf und Rosa brach erneut in Tränen aus. Ratlos, zur Untätigkeit verbannt und erschöpft davon, ständig die heftigen Schwankungen des Schiffs ausgleichen zu müssen, hatten sie beschlossen, in ihre Kojen zu klettern, auch wenn keine von ihnen an Schlaf denken konnte.

Kaum liegen sie in der Koje, betreten zwei Männer die Kabine und bringen ein dürftiges Abendessen. Lustvoll begutachten sie die Frauen, als hätten sie es mit Rassepferden zu tun. „Die beiden Blondinen werden der einheimischen Kundschaft gut gefallen", meint der eine zu dem anderen, „und die kleine Schwarzhaarige wird bestimmt ein Renner für Gringos". „*Vaya suerte. Seguro, que generan mucha plata, hermano*" „Glück muss man haben. Sie bringen sicher einiges Silber[8] ein, Bruder." Eine mächtige Welle kracht gegen die Bordwand. Wieder legt sich das Schiff stark auf die Seite und die Männer haben große Mühe, den Halt nicht zur verlieren. „Wir sollten sie uns nachher näher ansehen", schreit der eine der beiden und umklammert mit beiden Händen den Türgriff. „Klar, wenn nicht der verdammte Sturm wäre. Es sieht aber so aus, als würde er noch schlimmer. Man kann sich auf dem Kahn kaum noch vernünftig bewegen." Bemüht, das Gleichgewicht zu halten, verlassen sie die Kabine. Blankes Entsetzen steht in den Gesichtern der drei Frauen. Karin findet als Erste ihre Stimme wieder. „Offenbar wollen uns die Schweine in ein Bordell bringen", presst sie stockend heraus. Rosa weint und schluchzt hemmungslos. Ihr wird übel und sie muss sich übergeben. Dabei vermag sie nicht mehr zu unterscheiden, ob aus Furcht oder Seekrankheit. Wenigstens die ist Claudia bislang erspart geblieben.

Nacht senkt sich auf das aufgewühlte Meer. Auf der Brücke bemüht sich der Rudergänger einigermaßen Kurs zu halten. Bei den hohen Wellen und dem starken Wind ist das ein fast aussichtsloser Kampf gegen die Natur. Immer wieder bricht ihm das Schiff aus. Er hofft darauf, dass ihm endlich

---

8 „Silber" („plata"), wird in Kolumbien auch für „Geld" gebraucht.

Verstärkung geschickt wird. Doch der Kapitän ist in seinem Sessel eingeschlafen, nachdem er in immer kürzeren Abständen mehrere *Aguardiente* in sich hinein gekippt hat. Auch er war schon seit Langem kein freier Mann mehr. Seit Monaten hatte Pacho ihn dazu gezwungen, für seine Bande zu fahren. Immer wieder musste er Drogen, Frauen und alle möglichen Schmuggelwaren transportieren. Er wusste, welches hohe Risiko er damit einging, doch man ließ ihm keine Wahl. Weigerte er sich, ihre Aufträge auszuführen, wäre das sein sicherer Tod. So verdient er hingegen wenigstens nicht schlecht. Um Furcht und Abscheu zu bekämpfen, betäubte er sich immer öfter mit Alkohol. Als das Schiff in ein besonders großes Wellental sinkt und es eine Ewigkeit dauert, bis der Bug endlich wieder sichtbar wird, schreckt er hoch. Angestrengt bemüht, noch einigermaßen klar zu denken, befiehlt er dem Rudergänger, den Kurs zu ändern. Das Schiff dreht um einige Grad und die Bewegungen werden nun spürbar ruhiger.

Die Männer von Pachos Bande haben sich in der Messe breitgemacht. Morsche, an vielen Stellen abgesplitterte Holzverkleidung an den Wänden, verschlissene oder zerfetzte Polsterbänke und kaum noch zu erkennende Messingbeschläge lassen einen einst wohl recht eleganten Speise- und Aufenthaltsraum für die Schiffsführung erahnen. Nicht weniger verkommen sind die Männer. Die meisten tragen nur eine schäbige Hose, zahlreiche Tätowierungen zieren die nackten Oberkörper. Einige haben sich nach Freibeuterart ein Tuch auf den Kopf gebunden, um zu verhindern, dass ihnen der Schweiß in die Augen und über das Gesicht rinnt. Wirres Haar, Körper und Kleidung starren vor Schmutz. Keiner von ihnen müsste geschminkt oder maskiert werden, um als furchterregender Gangster in einem Italowestern mitzuspielen. Doch die

Männer sind keine Schauspieler. Für Claudia und ihre beiden Leidensgefährtinnen ist das, was hier geschieht auch kein Spielfilm, sondern bitterer Ernst. Grölend, manche schon lallend, amüsieren sich die Männer. Als wollten sie der aufgewühlten See trotzen und mit dem Kapitän des Schiffes oben auf der Brücke unbedingt um die Wette trinken, spricht man hier ebenfalls eifrig dem *Aguardiente* zu. Dabei wird auch nicht auf das gewohnte Bier verzichtet.

Trotz der unverändert starken Bewegungen des Schiffs steigt die Stimmung. „Holt doch endlich mal die Frauen", ruft einer der Zechkumpane. „Wozu haben wir sie denn sonst an Bord?" Er erntet lautes Gejohle. „Her mit ihnen!" Gleich mehrere Männer drängen sich kurz darauf vor der Kabine der Frauen. „Los, Mädchen, alle mitkommen!" Erschrocken starren die Frauen zur Tür. „Worauf wartet ihr noch? Jetzt dürft ihr mit uns eine Party feiern!" Wie gelähmt bleiben Claudia und die beiden anderen in ihren Kojen liegen. „Nicht so schüchtern, los, los!" Zwei Männer zerren Rosa aus ihrer Koje. Froh, dass wenigstens die Seekrankheit weniger geworden ist, war sie gerade etwas zur Ruhe gekommen. Sie zittert am ganzen Leib und sieht flehend zu ihren Leidensgenossinnen, als ob die ihr helfen könnten. Claudia wird ebenso brutal aus der Kabine gerissen. Karin begreift, dass auch sie keine andere Wahl hat, und folgt freiwillig. Die Männer treiben die drei Frauen durch den Gang vor sich her.

In der Messe werden sie mit ausgelassenem Gebrüll empfangen. Dichter Zigarettenrauch erfüllt den Raum bis in seine letzten Ecken und brennt ihnen in den Augen. Der Geruch nach Schweiß und Alkohol raubt ihnen fast den Atem. Das pure Entsetzen in Claudias Gesicht ist nicht zu übersehen. Hilflos in die Hände dieser brutalen und lüsternen Trunkenbolde zu fallen übertrifft ihre schlimmsten Vorstellungen.

„Jetzt gibt es erst mal was zu trinken!" Jede der drei Frauen bekommt gleich ein ganzes Wasserglas voller *Aguardiente*. Karin greift entschlossen zu und nimmt einen kräftigen Schluck. Es ist nicht das erste Mal, dass sie an einer feucht-fröhlichen Party teilnimmt, bislang allerdings freiwillig und unter ganz anderen Umständen. Claudia hatte den hochprozentigen Anisschnaps zwar einmal probiert, aber seitdem nie mehr angerührt. Widerwillig nippt sie an ihrem Glas und schüttelt sich. Das Zeug brennt ihr wie Feuer im Hals. Rosa hat noch nie davon getrunken. Doch aus Angst und Verzweiflung stürzt sie unter dem Gejohle der Männer fast das ganze Glas gleich in einem Zug herunter. Wieder wird das Schiff von einer riesigen Welle erfasst und holt stark über. Hilflos stolpernd landet Rosa auf den Männern vor ihr. Begeistert wird sie von ihnen ergriffen und jeder will sie an sich ziehen. Verzweifelt strampelt sie mit den Beinen und versucht, sich zu befreien, bis sie zwei der Männer zwischen sich auf die Polsterbank drücken. Sie bekommt noch ein Glas, und voller Panik leert sie auch das.

Mit wildem Geschrei drängt nun die Meute Claudia, ihr Glas ebenfalls auszutrinken. Nicht an Alkohol gewöhnt, spürt sie schon nach kurzer Zeit seine Wirkung. Nebel beginnt die Konturen ihrer Umgebung zu verwischen. Alles um sie herum schwankt stärker und stärker. Sie meint zu spüren, wie das Deck sich mit jeder Welle immer höher hebt, um gleich darauf erneut in noch größere Tiefen zu stürzen. Seegang und *Aguardiente* scheinen sich gegen sie verbündet zu haben. Auf einmal legt sich das Schiff soweit auf die Seite, dass sie nicht mehr stehen kann. Krampfhaft versucht sie sich, an der Theke gleich neben dem Eingang der Messe festzuhalten, um den vor ihr sitzenden Männern nicht zu nahe zu kommen oder wie Rosa sogar auf sie zu fallen. Doch ihre letzten Kräfte schwinden. Trunkenheit lässt sie resignieren. Erschöpft sinkt sie nun doch auf eine der Sitzbänke. Der Mann rechts neben ihr mustert sie von unten bis oben. „Eine hübsche Perlenkette, die du da trägst", und mit Blick in die Runde fügt er ironisch hinzu: „Schade, dass man sie kaum sieht!" „Das kann man schnell ändern," meint der jüngere Mann auf ihrer anderen Seite und mit einem kräftigen Ruck reißt er die züchtig hochgeschlossene Bluse weit auf. Mit Pfiffen und lautem Beifall blicken nun alle auf ihren nur noch mit einem schwarzen BH spärlich bedeckten Oberkörper. „Weiter, Eusebio, wir wollen mehr von ihr sehen! Mehr! Mehr!" Animiert von der Begeisterung der brüllenden Meute zieht er ihren Rock auseinander, sodass ihre Beine sichtbar werden. Lachend bemerkt er dabei zu Claudia: „Zerfetzte Bluse, zerrissener Rock! Mädchen, wie gehst du denn mit deinen Sachen um!" Lautes Gelächter. „Mehr! Mehr! Mehr!" Die Männer toben. Beschämt und wutentbrannt versucht Claudia, mit der einen Hand ihre Bluse zusammenzuhalten und mit der anderen die beiden Rockhälften wieder über ihre Beine zu ziehen. Eusebio zerrt sie jedoch näher zu sich heran, um den Rock noch weiter öffnen zu können, und tönt: „Sei doch nicht so schüchtern, meine brave Klosterschülerin, zeige uns mehr von dir...".

Brave Klosterschülerin! Nicht genug, dass er sie mit seinem Schauspiel in ihrer Scham verletzt und erbarmungslos entwürdigt rührt Eusebio damit nun auch noch an einem ganz besonders empfindlichen Punkt von ihr. Seit Jahren hatte sie sich jedes Mal maßlos darüber geärgert, wenn man sie als gestrig, hinterwäldlerisch und prüde verspottete. Auch wenn sie mit ihrer Kleidung und Frisur nach außen diesen Eindruck erwecken mochte, entsprach dieses Image in keiner Weise ihrem eigenen Willen und Charakter, sondern nur den ihr aufgezwungenen väterlichen Vorgaben. Immer wieder führte das zu heftigen Auseinandersetzungen mit ihm. Dabei ging es ihr jedoch nicht nur um unterschiedliche Moralvorstellungen, sondern letztlich darum, in solchen Fragen selbst über sich bestimmen zu können. Mit Vehemenz hatte sie sich gegen die für sie unerträgliche Bevormundung gesträubt. Doch Vergebens. Unter dem Druck gesellschaftlicher und familiärer Konventionen blieb ihr nichts anderes übrig, als sich am Ende doch dem Willen des Vaters zu beugen. Selbst vor Männern wie diesen hier damit lächerlich gemacht zu werden, trifft sie daher nicht nur empfindlich in ihrem Stolz und ihrer Eitelkeit. Vor allem will sie genau so wenig wie von ihrem Vater zur Nonne nun von einem heruntergekommenen Halunken zur Nutte gemacht werden.

Klosterschülerin! Mit dieser Bemerkung hat Eusebio eine verborgene Schmerzgrenze bei ihr überschritten. Unvermittelt gerät sie jetzt außer Kontrolle. Weiß vor Zorn und durch den Alkohol ermutigt, schlägt sie ihm mitten ins Gesicht und schließt den Rock wieder über ihren Beinen. Verblüfft reibt sich ihr Peiniger die Schläfe. Fassungslos sieht er sie an. Langsam färbt sich sein Gesicht tiefrot und alle warten gespannt darauf, was passiert. Gerade will er sich auf sie werfen, da legt sich das Schiff so gewaltig auf die Seite, als würde es jeden Moment kentern. Einige der Männer können sich nicht mehr rechtzeitig festhalten. Taumelnd stürzen sie zu Boden und rutschen hilflos durch den Raum. Flaschen und Gläser fallen von den Tischen und zerbersten.

Als sich das Schiff wieder aufrichtet, sucht jeder nur noch panisch nach irgendeinem Halt. Verächtlich blickt Karin in die blass gewordenen Gesichter der Männer. „Habt ihr keine Musik?" Mit einem höhnischen Lachen erweckt sie den Eindruck, als sei für sie das Auf und Ab Teil eines Unterhaltungs-programms wie eine Achterbahn auf einem Jahrmarkt. Überrascht starren sie alle an. „Ja, warum gibt es eigentlich keine Musik?", grölt die Menge und keiner achtet nun mehr auf Eusebio. Dankbar sieht Claudia zu Karin und wechselt auf deren Wink hin schnell auf eine Sitzgruppe auf der anderen Seite der Messe. Dabei wählt sie den Platz neben einem Mann, von dem sie das Gefühl hat, dass er etwas friedlicher ist. Zum Glück ist Eusebio wohl noch immer zu verwirrt, um sie festzuhalten oder ihr zu folgen.

Der Mann erweist sich tatsächlich weit weniger aggressiv, als die anderen. Er lehnt er sich behäbig zurück und stellt ihr ein paar Fragen. Zu ihrer Erleichterung macht er keine Anstalten, ihr auf den Leib zu rücken. „Pedro, ist die Betschwester denn nichts für dich, du stehst doch auf züchtige Weiber, Bruder", lallt ihn ein schmächtiger, kahl geschorener Kumpel mit einer langen Narbe im Gesicht an. Trüge er nicht ein T-Shirt mit Coca-Cola Reklame auf der Brust, könnte man ihn für einen noch lebenden Piraten aus einem historischen Roman halten. Doch Pedro beachtet ihn gar nicht. Auch als Eusebio mit feindseligen Blicken wieder zu Claudia herüber starrt, lässt er sich nicht aus der Ruhe bringen. Eusebio hat ihr den Schlag ins Gesicht natürlich in keiner Weise verziehen, hat sie doch den Spieß damit umgedreht und nun ihn vor seinen Kameraden lächerlich gemacht. Trotz ihres Alkoholnebels erkennt Claudia sehr wohl den Hass auf sie in seinen Augen. Instinktiv sucht sie Schutz und lehnt sich an Pedro. Sie spürt, wie Pedro seinen Arm um sie legt. Widerstrebend lässt sie es zu, da sie das Gefühl hat, dadurch wenigstens etwas sicherer vor Gewalttaten Eusebios oder der restlichen Bande zu sein. Stark angetrunken, bis auf ein paar zerfetzte Kleider fast nackt und im Arm eines vulgären Banditen; was würde ihr Vater sagen, wenn er seine brave, sittsame Tochter jetzt so sehen müsste? Ein eiskalter Schauder lässt sie erzittern.

Die See wird wieder rauer und man muss die neu gebrachten Gläser geschickt balancieren, um den Inhalt nicht wieder zu verschütten. Das ständige Ausgleichen jeder Bewegung des Schiffs kostet Kraft. Einige der Männer kämpfen zunehmend mit der Seekrankheit. Wahrlich kein Partywetter! Deshalb beschließen immer mehr von ihnen, sich in ihre Koje zurückzuziehen und verlassen den Raum. Claudia sucht nach Karin, doch die ist nirgends mehr zu sehen. Rosa scheint kaum noch zu erfassen, was um sie herum geschieht. Selbst als die beiden Männer neben ihr damit beginnen, sie auszuziehen, unternimmt sie nichts mehr, um das zu verhindern. Der Welt entrückt sitzt oder liegt sie schließlich nackt auf der Polsterbank und ihr ist es völlig gleichgültig, was man mit ihr macht. Wenig später ist auch sie plötzlich verschwunden. Claudia ist nun mit den letzten drei Männern alleine. Fieberhaft sucht sie eine Möglichkeit ihnen zu entkommen und sich irgendwo zu verstecken. Doch Eusebio würde sie nicht weit kommen lassen. Pedro neben ihr ist schweigsamer geworden. Verstohlen mustert Claudia ihn. Er ist groß und kräftig. Er mag um die Fünfzig sein. Wirres Haar, buschige Augenbrauen, ein etwas angegrauter Bart und seine dunkle, lederne Haut geben ihm etwas Furchterregendes. Seine Gesichtszüge wirken jedoch eher einfältig als bedrohlich. Schon mit wenigen Bemerkungen hat er zu erkennen gegeben, dass er kaum eine Schule besucht haben kann. Obwohl er viel getrunken hat, hat er sich einigermaßen unter Kontrolle. Offenbar ist er an das Trinken gewöhnt.

„Lass uns doch die Schöne endlich vornehmen", ruft Eusebio ihm mit belegter Stimme zu, und nähert sich den beiden mit lüsternem Blick auf Claudia. Er will offenbar noch immer nicht aufgeben. Ängstlich drückt sich Claudia enger an Pedro. Schwungvoll lässt Eusebio sich auf der anderen Seite neben sie fallen. Den murrenden Mann, der bislang dort gesessen hatte, fegt er einfach beiseite, als würde er das Sofa von Speiseresten oder anderem Abfall säubern. Tief trunken fällt der auf den Boden, bleibt dort stöhnend liegen und schläft ein. Für Claudia besteht kein Zweifel, dass Eusebio ihr brutale Gewalt antut und dabei vor nichts zurückschreckt, sobald er ihrer habhaft wird. Nur Pedro kann sie nun noch retten. Auch wenn er auf sie wie ein nicht weniger gefährliches, wildes Tier wirkt, scheint es zumindest im Augenblick jedoch friedlich gesonnen zu sein. Doch Pedro rührt sich selbst dann nicht, als Eusebio ihr mit der Hand über den Oberschenkel streicht. Vergeblich versucht Claudia, sie wegzudrücken. Durch das passive Verhalten von Pedro ermutigt, wandert seine Hand unverfroren in ihren BH. Seine Augen glänzen. Er presst seine schmalen Lippen so zusammen, dass sie fast verschwinden. Sein Gesicht wird zur geifernden Grimasse. Mit ihrer ganzen Kraft kratzt und beißt Claudia um sich. Gleich mehrere Gläser fallen klirrend auf den Boden. Er weicht zurück und taumelt mit der nächsten Welle nach hinten. Schnell und heftig tritt sie mit beiden Beinen nach ihm und er stürzt auf den Boden. Wutentbrannt kommt er wieder auf die Füße und will über sie herfallen. Flehend sieht Claudia zu Pedro.

Endlich bewegt der sich und beendet den Kampf. „Hau ab und lass sie in Ruhe, sie gehört mir!" Der scharfe Ton lässt Eusebio innehalten. „Sieh sie dir von mir aus noch mal an und dann verschwinde." Als Eusebio bemerkt, wie er zu seinem Messer greift, lässt er von seinem Vorhaben ab. Voller Verlangen starrt er auf Claudia und denkt darüber nach, wie er sein Ziel doch noch erreichen kann. Offenbar gelangt er jedoch zu der Einsicht Pedros Widerstand nicht überwinden zu können. Jedenfalls nicht hier und jetzt. Weiß vor Zorn verlässt er schließlich den Raum. „Ich werde schon noch eine Gelegenheit zur Rache finden," murmelt er zu sich selbst und versucht, sich damit zu beruhigen.

Claudia ist nun zwar Eusebio entkommen, doch auch ihr Schicksal ist wohl besiegelt. Wie in Trance folgt sie Pedro in seine Kammer. Draußen tobt der Sturm mit immer größerer Wucht. Mal zerrt er gnadenlos an den Aufbauten des Schiffs, bis sie fast weggerissen werden, dann wieder scheint er das Schiff jeden Augenblick auf den Meeresgrund zu drücken. Gewaltige Wellen türmen sich auf und unglaubliche Wassermassen ergießen sich krachend über alle Decks, um von dort wieder in die kochende See zurück zu fluten. Von der See, dem Alkohol, der Angst und der Müdigkeit verwirrt und erschöpft, dreht sich alles in Claudias Kopf. Verzweiflung, Abscheu, Furcht, Wut und Zorn ergreifen abwechselnd von ihr Besitz. Ein Sturm von Emotionen wühlt sie auf, wie der Sturm draußen die See.

Windstille

Als Claudia am nächsten Morgen aufwacht, ist der Sturm deutlich abgeflaut und das Meer ruhiger geworden. Dennoch schwankt das Schiff noch immer stark in der Dünung. Neben ihr schnarcht Pedro und schläft seinen Rausch aus. Sie ist nackt. Nur noch die Perlenkette ziert ihren Hals. Wild zerzauste Haarsträhnen hängen ihr im Gesicht. Es ist stickend heiß in der kleinen Kammer und ihr ganzer Körper ist schweißgebadet. Vom Alkohol noch immer leicht benommen, starrt sie zur Decke der Kajüte. Abgeblätterte Farbe, rostige Rohre. Verwirrt versucht sie, zu begreifen, was geschehen ist. Dabei verlieren selbst rasende Kopfschmerzen und heftige Übelkeit ihre Bedeutung. Die traumatischen Szenen der letzten Nacht tauchen wieder vor ihr auf. Sie sieht, wie Pedro sie schwankend in seine Kammer schiebt und die Tür schließt, wie sie voller Furcht und Scham vor ihm steht. Sie hört, wie er sie auffordert, die zerfetzten Kleider auszuziehen. Zögernd war sie seiner Anweisung gefolgt und hatte erwartet, dass er sich nun wie ein wildes Tier auf sie stürzt. Doch er rührte sich nicht. „Ein bisschen eng, doch die Koje muss nun für uns beide reichen." Er kletterte hinein und zog sie nach. Zu ihrer Überraschung war er auch nicht über sie hergefallen, als sie dicht neben ihm lag. Stattdessen hatte er sie aus trunkenen Augen angesehen und sie meinte, plötzlich sogar Mitgefühl in seinem Blick erkannt zu haben. „Lass uns schlafen. Hier bist du sicher!" Mit einem schweren Seufzer hatte er ihr seinen Rücken zugekehrt und war im Nu eingeschlafen.

Vielleicht war er nur zu betrunken gewesen, um sie sich zu nehmen? Wird sie jetzt aber sein Opfer, sobald er erwacht? Ängstlich gleiten ihre Augen über den schlafenden Mann neben sich. Panik kommt in ihr auf. Sie will fliehen. Doch sofort wird ihr klar, dass sie außerhalb der Kammer ein noch viel schlimmeres Schicksal zu erwarten hätte. Schweißperlen rinnen ihr über das Gesicht. Stöhnend dreht sich Pedro auf die andere Seite. Bloß keine Berührung, schießt es ihr durch den Kopf. Natürlich weiß sie, dass das unmöglich ist. Dennoch drückt sie sich so eng wie möglich an den Rand der Koje. Sie verbirgt ihr Gesicht hinter ihren Händen und Armen, als wolle sie sich damit unsichtbar machen. Ob sie wenigstens versuchen sollte, vorsichtig aus der Koje zu klettern? Doch was dann? Während sie noch darüber nachdenkt, bewegt er sich erneut und sein Arm fällt auf ihren Körper. Schreckensstarr liegt sie da und wagt kaum noch zu atmen.

Mit einem Ruck richtet er sich plötzlich auf, öffnet die Augen und sieht sie verblüfft an. Ihr Herz schlägt bis zum Hals. Langsam kehren seine Erinnerungen an das Geschehene zurück. Die Überraschung in seinem Gesicht weicht einem kurzen Lächeln. Doch er sagt kein Wort. Stille. Nur vom Gang her dringen Geräusche in die Kammer. Nachdenklich lauscht er ihnen eine Weile. Dann bricht er das Schweigen. „Du bleibst hier. In meiner Kammer wird dich niemand suchen oder anrühren. Verstanden?" Seine Stimme klingt etwas heiser, aber fest entschlossen. Sein Atem riecht noch immer heftig nach Alkohol. Sie nickt gehorsam. Dabei starrt sie ihn aus leeren Augen an, verstört, unfähig, irgendetwas zu erwidern. Wie im Traum verfolgt sie, wie er aus der Koje springt, sich etwas anzieht und die Kammer verlässt. Er hat sie nicht angerührt, kaum angesehen. Regungslos liegt sie in der Koje, den Blick unverwandt auf ihre zerfetzten Kleider gerichtet, die noch immer dort liegen, wo sie sie in der Nacht hingeworfen hat. Es gelingt ihr nicht, irgendeinen klaren Gedanken zu fassen. Die Ereignisse im Sturm der letzten Nacht scheinen ihre Persönlichkeit zerstört, sie aller Lebenskraft beraubt zu haben. Pedro hat sie zwar bislang verschont und vor einer Vergewaltigung durch andere bewahrt. Dennoch hat sie die erlittenen

Entwürdigungen in der Nacht zuvor kaum als weniger schlimm empfunden. Sie fühlt sich noch immer zutiefst gedemütigt. Dazu kommt die Furcht vor dem, was sie noch erwartet. Alles erscheint ihr wie ein besonders erbarmungslos quälender Albtraum, der nicht enden will.

Stunden vergehen. Es mag mittlerweile später Nachmittag sein, als sie im Unterbewusstsein spürt, dass sich irgendetwas verändert hat. Sie weiß zunächst nicht, was es ist, bis sie merkt, dass sich das Schiff auf einmal ganz anders bewegt. Ziellos rollt und stampft es in der Dünung. Die gewohnten Antriebsgeräusche sind verstummt. Nur noch das Ächzen und Knarren des Rumpfs ist jetzt so laut zu hören, dass man darauf wartet, ihn jeden Moment auseinander bersten zu sehen. Maschinenschaden! Die Belastung der letzten Nacht hat den alten Diesel überfordert. Es ist, als würde nun auch das Schiff Claudias Schicksal mit ihr teilen wollen. Wie sie ist es schwer angeschlagen vom Kurs abgekommen und treibt mit zerstörtem Antrieb hilflos in der Meeresströmung.

Sie hört, wie Männer fluchend und mit den wildesten Verwünschungen über den Niedergang herunter in den Maschinenraum eilen. „Seht zu, dass ihr das Ding so bald wie möglich wieder zum Laufen bringt, Ihr Hurensöhne", brüllt der Kapitän ihnen nach. Stunden vergehen. Man schraubt, hämmert und feilt, doch jeder Versuch die Maschine erneut anzuwerfen bleibt erfolglos. Vergeblich wird nach Ersatzteilen gesucht. Die Männer versuchen, Neue provisorisch zu fertigen. Es wird Abend, Nacht. Trotz aller Bemühungen bleibt die Maschine stumm, leblos. Pedro hat sich nur mittags kurz bei Claudia sehen lassen und ihr etwas zum Essen gebracht. Doch als er spät nachts todmüde und ölverschmiert zurückkommt, hat sie noch immer nichts davon angerührt. Sie liegt unverändert apathisch in der Koje und scheint ihn gar nicht zu bemerken. Auch als er sie nach kurzem Schlaf erneut verlässt, rührt sie sich nicht.

Erst die raue Stimme des Kapitäns nimmt sie wieder wahr, als er vom nahen Schott zum Niedergang in den Maschinenraum aus versucht, seine Männer dort unten aufzumuntern. „Was ist los? Ihr werdet euch doch nicht geschlagen geben! Bislang seid ihr mit allem fertig geworden. Wo bleibt euer Kampfgeist? Zeigt, wer hier der Stärkere ist", muntert er sie auf, als ginge es darum einen Feind zu besiegen. Auf einmal kehren tatsächlich die vertrauten Geräusche und das Vibrieren der laufenden Maschine zurück. An den Bewegungen spürt sie, wie das Schiff zu neuem Leben erwacht, Fahrt aufnimmt und auf den alten Kurs zurückdreht.

„Ihr werdet euch doch nicht geschlagen geben! Bislang seid ihr mit allem fertig geworden. Zeigt, wer hier der Stärkere ist. Wo bleibt euer Kampfgeist?", hallt es wieder und wieder in ihren Ohren. Als ob seine Worte auch an sie gerichtet worden seien, bohren sie sich tief in ihr Gehirn. Sie öffnet die Augen. Langsam weicht die Schockstarre. Plötzlich ist auch sie wild entschlossen, sich nicht weiter hilflos von ihrem Schicksal treiben zu lassen. Verzweiflung, Angst und Scham verwandeln sich in unbändige Wut. Ausgeprägter Eigensinn, Eitelkeit, Sturheit und die Fähigkeit zu gefühlloser Härte, ausgerechnet die Charakterzüge, die an ihr so oft kritisiert worden sind, verhindern, dass sie aufgibt und bewahren sie davor zu zerbrechen.

Aus der Agonie erwacht, kommt sie langsam zu sich. Fieberhaft beginnt sie darüber nachzudenken, was sie in ihrer Lage tun kann. An eine Flucht ist nicht zu denken, zumindest nicht, solange sie auf See ist. Zweifellos besteht zunächst ihre einzige Chance, Schlimmerem zu entgehen darin, sich weiterhin den Schutz von Pedro zu sichern. Zumindest solange sie sich auf dem Schiff befinden. Auch wenn er furchterregend primitiv und grobschlächtig ist, ist er vielleicht gerade deshalb der Einzige, der sie vor Angriffen und Gewaltexzessen der anderen bewahren kann. Immerhin hat sie mit seiner Hilfe die Kontrolle über das, was mit ihr geschieht, noch nicht ganz verloren. Was sie auch von ihm halten mag, sie muss alles tun, um ihn zu einem ihres hörigen Verbündeten zu machen. Jedes Mittel dazu muss ihr recht sein.

Sie macht sich allerdings keine Illusionen über das, was sie erwartet, sobald das Schiff sein Ziel erreicht hat. Selbst wenn Pedro ihr helfen wollte, könnte auch er nicht verhindern, dass man sie früher oder später zwingen wird, als Hure zu arbeiten. Bemüht, ihre Gefühle unter Kontrolle zu behalten, betrachtet sie nüchtern und fast fatalistisch ihre Situation. Sie ist schutzlos einer Welt voller Brutalität und Gewalt ausgeliefert, in der nur das Recht des Stärkeren gilt. Sie lebt nun unter Raubtieren. Rücksichtnahme, Skrupel, Mitleid oder Scham sind ihnen unbekannt. Nur Macht und Begierde genießen Respekt. Nach den Erlebnissen der letzten Tage ist ihr klar geworden, dass die Werte einer zivilisierten Gesellschaft, so wie sie ihr vom Elternhaus vermittelt worden sind, hier offenbar weitgehend ihre Gültigkeit verloren haben. Ob sie will oder nicht, zweifellos wird sie sich ihrem Schicksal beugen mussen. Sie wird sich nicht dagegen wehren können, geschändet und erniedrigt zu werden. Aber sie wird kein willenloses Opfer sein. Sie wird kämpfen. Sie wird sich ihrem Umfeld anpassen, auch wenn sie dazu mit ihrer Vergangenheit brechen muss. Moral und Anstand sind für sie bedeutungslos geworden. Wozu sie auch immer gezwungen wird, sie ist bereit, gewissenlos mitzuspielen. Dabei wird sie aber die Regeln bestimmen und wenn nötig selber zum Raubtier werden.

Als Pedro zurückkehrt, schmiegt sie sich an ihn. „Wie schön, dass du wieder da bist!" Eiskalt und nüchtern spielt sie ihm Sympathie und Zuneigung vor. Skrupellos tut sie so, als fände sie großes Gefallen an dem Zusammensein mit ihm. Erstaunt mustert Pedro sie. In seiner Einfalt kommt er zu keinem Moment auf den Gedanken, dass er von der Frau betrogen werden könnte. Als er sich an einem Nagel am Oberarm verletzt, spielt Claudia sofort, und erstaunlich gekonnt, die besorgte Partnerin. Sie findet einen alten Lappen, macht ihn nass und wäscht damit die Wunde aus. „Schmerzt es sehr?", fragte sie ihn scheinbar voller Mitleid und denkt bei sich: „Soll er doch verrecken!" Nichtsahnend und an eine solche Behandlung völlig ungewohnt, schenkt er ihr ein freundliches Lächeln.

Claudias Rechnung geht schneller auf, als sie zu hoffen gewagt hat. Warnend verkündet er jedem an Bord, ab sofort die Finger von seiner *„Amante"*, seiner „Geliebten" zu lassen. Während das Schiff wieder seine Bahn über den einsamen Ozean stetig nach Norden zieht, kann sie sich nun frei an Bord bewegen. Auf Schritt und Tritt folgen ihr zwar die unverhohlen gierigen Blicke der Männer, denen sie begegnet, doch keiner von ihnen riskiert es jetzt mehr, sich ihr zu nähern oder gar ihr irgendetwas anzutun. So steht sie unbehelligt an der Reling und verfolgt sehnsüchtig, wie in weiter Ferne an der Steuerbordseite die Küste vorbeizieht. Pedro hat ihr verraten, wohin die Reise geht und aus der Erinnerung an eine Seekarte ihres Vaters, hat sie nun auch eine ungefähre Vorstellung, wo sie sich überhaupt befindet. Der Wind ist ganz eingeschlafen. Zwei bedrohlich große Haie folgen dem Schiff. Auf der Suche nach Beute bleiben sie dicht neben der Bordwand. „An Flucht ist hier wohl nicht zu denken!" Unbemerkt hat sich Karin zu ihr gesellt. Der Ton ihrer Stimme verrät Furcht und Hoffnungslosigkeit. Mit Schaudern verfolgen die beiden Frauen die mächtigen Ungeheuer, bis sie abtauchen. „Du hast dir also auch einen Beschützer gesucht", bemerkt sie trocken und mit ernstem Gesicht. „Hätte ich dir gar nicht zugetraut." „Ich mir bis zur vergangenen Nacht auch nicht", murmelt Claudia.

Es wird Abend und wie überall in den Tropen wird es rasch dunkel. Vor ihnen blitzt ein Leuchtfeuer. „Das könnte die Einfahrt nach Tumaco oder die Südspitze der kleinen Insel Gorgona sein." Karin ist beeindruckt von den geografischen Kenntnissen ihrer Leidensgefährtin. Ein Hoffnungsfunke flammt in ihr auf. „Wenn wir dicht genug an die Insel kommen, können wir vielleicht unbemerkt über Bord springen, was meinst du?" Doch Claudia muss ihr sofort wieder jede Illusion nehmen. „Keine Chance. Das haben dort viele versucht und bitter mit ihrem Leben bezahlt. Gorgona war eine Gefängnisinsel und man hat sie dazu gemacht, weil die starken Strömungen vor der Insel jeden Schwimmer mit sich reißen und hilflos auf das offene Meer hinaustragen. Außerdem wimmelt es dort von Haien." „Woher weißt du das alles?" „Das hat mir mein Vater einmal erzählt, als wir hier in der Gegend mit einer Yacht zum Hochseeangeln gefahren sind." Claudia spürt, wie ihr mit den Erinnerungen Tränen aufkommen. Für einen Moment droht sie wieder in Verzweiflung, Hoffnungslosigkeit und Angst vor dem, was auf sie zukommt, zu verfallen. Doch schnell fängt sie sich und lenkt das Gespräch rasch auf ein anderes Thema. „Hast du Rosa heute schon gesehen?" Kaum hörbar antwortet Karin: „Nein. Ich weiß nichts von ihr. Sie ist verschwunden." „Vielleicht ist sie in unserer Kabine von gestern. Ich möchte es allerdings nicht riskieren, dort alleine nach ihr zu suchen." Besorgt blickt Karin sie an. „Hoffentlich halten sich die Männer nicht an ihr dafür schadlos, dass sie uns nicht mehr anfassen können." „Vielleicht hat sie ja auch einen Beschützer gefunden", versucht Claudia sie zu beruhigen. Der dabei gewählte emotionslose, fast gleichgültig klingende Ton lässt deutlich erkennen, dass sie offenbar zu ihren Vorsätzen, sich bedingungslos an ihr neues Umfeld anzupassen, zurückgefunden hat.

Noch während sie über sie sprechen erscheint Rosa an Deck. Totenblass wankt sie auf die Reling zu, um sich dort heftig zu übergeben. Der Kahlköpfige mit der Narbe und dem Coca-Cola-Hemd von gestern Nacht folgt ihr und versucht, sie zu stützen. Claudia und Karin sind überrascht, wie er sich um sie kümmert. Gerade ihm hätten sie kaum eine menschliche Regung zugetraut. Ein weiterer Mann kommt hinzu. In der Dunkelheit ist er nur schwer zu erkennen. Dennoch gibt es für beide keinen Zweifel: Es ist Eusebio. Furchtsam verbergen sie sich rasch hinter einem Rettungsboot damit er sie auf keinen Fall bemerkt. Mühsam hält er sich an der Reling fest. Offensichtlich hat er wieder reichlich getrunken. „Wo bleibt denn mein kleines, scheues Kätzchen? Wie lange muss ich denn noch auf sie warten?" „Lass sie in Ruhe! Du siehst doch, wie schlecht es ihr geht", zischt der Glatzköpfige. Als Eusebio unbeeindruckt davon dennoch nach ihr greifen will, stellt er sich ihm mutig in den Weg. Eusebio kann es nicht fassen, dass der schmächtige Mann es wagt, ihm Vorschriften machen zu wollen. „Was denkst du, wer du bist, du jämmerlicher Hurensohn?" Wild entschlossen, Rosa vor Eusebio zu schützen, rührt der sich jedoch nicht vom Fleck und giftet ihn mit seiner krächzenden Stimme an: „Du lässt die Finger von ihr, *Cabron*[9]!" Das ist zu viel für Eusebio. Außer sich vor Wut fällt er über ihn her und verbissen ringen die beiden miteinander. Doch anders als Pedro ist der ausgemergelte, spindeldürre

---

[9] Ordinäre, beleidigende Anrede

Mann seinem Gegner trotz dessen Trunkenheit unterlegen. Mit brutaler Gewalt drückt ihn Eusebio an die Reling. Eine Hand an seiner Kehle biegt er ihn unter Einsatz seines ganzen Körpergewichts immer weiter nach hinten. Dann bekommt er mit der anderen Hand ein Bein von ihm zu fassen, reißt es mit einem kräftigen Ruck nach oben und wirft ihn rücklings über Bord. Karin will aufspringen und die Männer auf der Brücke alarmieren, doch Claudia hält sie zurück. „Wozu?" Voller Grauen sehen sie, wie der Mann im Heckwasser zurückbleibt und meinen auch erkennen zu können, wie sich sofort mehrere Haie auf ihn stürzen. „Einer weniger", entfährt es Claudia. Karin ist überrascht von ihrer Gefühllosigkeit. „Doch leider der Falsche!" Erschüttert und furchtsam dreht sie sich nach Eusebio um. Er und Rosa sind verschwunden. Arme Rosa!

Vor dem Nachthimmel zeichnen sich nun schemenhaft die Umrisse der felsigen, kleinen Insel Gorgona ab. Von dichtem Dschungel überwuchert stehen dort verfallende Mauerreste und verrostete Gitter der einstigen Gefängnisanlage. Es ist noch gar nicht lange her, als die letzten Gefangenen die Insel verlassen haben. In modrigen Zellen nisten jetzt Schlangen. Gewaltige Spinnen lauern in ihren Netzen. In die Wände hinter eisernen Bettgestellen eingekratzte Inschriften lassen die unendlichen Qualen der Insassen erahnen. Mancher von ihnen wurde von Malaria oder anderen Krankheiten aus feindlicher Natur dahingerafft, andere erlagen der Willkür der Aufseher. Sadistische Gefängniswärter schreckten vor nichts zurück. Selbst für manche attraktive Ehefrau oder Freundin der Häftlinge muss es die Hölle gewesen sein. Von ihren dazu gezwungenen Ehemännern herbeigelockt, sollen nicht wenige von ihnen Opfer der Wächter geworden sein. Als ob sie an diesem schaurigen Ort bereits die Zukunft ihres eigenen Schicksals voraussehen können, starren Claudia und Karin beklommen in die Dunkelheit. Doch außer ein paar geisterhaften Schatten über der spiegelglatten, schwarzen See können sie von der Schreckensinsel nichts erkennen. Gespenstische Ruhe umgibt das Schiff. Nur das monoton stampfende Geräusch der Maschine ist zu hören. Die Schatten der Insel kommen näher, doch sie bleiben Schatten und geben keine Einzelheiten preis. Entsetzt zucken die beiden Frauen zusammen, als von dort plötzlich ein gellender, heiserer Schrei die Stille zerreißt. Aus der Finsternis schwebt eine noch hungrige Möwe heran, zieht einen großen Kreis und verliert sich wieder in der schwarzen Nacht.

Schwüle

„Aufwachen, aufwachen, *Señorita!*" Claudia fährt hoch. „Marta?" „Nein, Maria." Neben ihrem Bett steht eine korpulente nicht mehr ganz junge, schwarze Frau. Sie trägt ein ausgeblichenes Kleid, Gummilatschen und hat Haarwickler auf dem Kopf, wie viele Frauen in Buenaventura es tun, selbst wenn sie auf die Straße hinaus gehen. Mit einem Ruck zieht sie das halb zerrissene Moskitonetz über dem Bett zur Seite. „Du hast genug geschlafen. In Kürze beginnt deine Willkommensparty." Claudia merkt erst jetzt, dass sie völlig unbekleidet ist, und zieht beschämt das Betttuch über ihren Körper. An der Decke über ihr dreht sich langsam und quietschend ein altersschwacher, rostiger Ventilator. Doch sein Luftzug ist kaum zu spüren. Maria scheint das nichts auszumachen. Sie ist daran gewöhnt. och Claudia sehnt sich nach nichts mehr als nach einer kalten Dusche. „Komm, du musst dich erst einmal waschen. Du siehst fürchterlich aus."

Claudia steigt aus dem Bett und sucht nach etwas, mit dem sie sich bedecken kann. Amüsiert bemerkt Maria: „Hier im Haus kannst du auch nackt ́rumlaufen, das stört niemand." Voller Sehnsucht nach der Dusche folgt Claudia ihr widerspruchslos auf den Gang hinaus. Zu ihrer Erleichterung ist dort niemand zu sehen. Ein paar Türen weiter gibt es ein Bad für die Frauen der Etage. Ein anderes, in weit besserem Zustand für Kunden, dürfen die Frauen nicht benutzen. Als sie den Raum betreten huscht eine aufgescheuchte Ratte in ihr Versteck hinter der Badewanne. Modriger Geruch erfüllt den Raum. Ein Waschbecken ist so verschmutzt, dass das Wasser kaum noch ablaufen kann. Auf der Kloschüssel fehlen Sitz und Deckel. An der gegenüberliegenden Wand dient ein rostiges und an seinem oberen Ende gebogenes, offenes Rohr als Dusche. Doch für Claudia bringt selbst das schwache Rinnsal aus dem Rohr unendliche Erleichterung. Verschwitzt und verschmutzt hatte sie seit Tagen keine Möglichkeit mehr, sich zu reinigen. Endlos steht sie unter dem armseligen Wasserstrahl und schrubbt sich immer wieder ab, als versuche sie damit, auch den Unrat der Ereignisse der letzten Tage abzuwaschen. Maria hilft ihr, ihre Haare wieder in einen menschenwürdigen Zustand zu bringen. „Hübsche Perlenkette, die du da trägst. Wenn die echt wäre, wäre sie sicher ein Vermögen wert." Jetzt versteht Claudia, warum man ihr die Kette nicht längst gestohlen hat. Trotz ihres heftigen Protests besteht Maria darauf, Claudia mit einem billigen Parfüm einzureiben.

Zurück in ihrem Zimmer holt Maria ein schwarzes Kleid aus einer Plastiktüte, die sie mitgebracht hat. „Hier zieh das an. Es müsste die richtige Größe haben." „Und die Unterwäsche?" „Brauchst du nicht. Los zieh das Kleid so über." Vergeblich sieht sie sich im Raum nach ihren eigenen Kleidungsstücken um. „Die zerrissenen und verdreckten Sachen, die du anhattest, als du hier ankamst, habe ich weggeworfen. Die hättest du ja wohl kaum mehr tragen können." Widerwillig streift Claudia das Kleid über den Kopf. Zwar passt es ihr ziemlich genau, ist aber so kurz und oben tief ausgeschnitten, dass sie sich darin fast unbekleidet vorkommt. Sie zieht und zerrt, doch davon wird es nicht größer. „Und nun die Schuhe." Neben dem Bett auf dem Boden liegen tatsächlich ihre eigenen Schuhe. „Wie zu dem Kleid gemacht", bemerkt Maria zufrieden. „Du hattest wohl schon so ein Kleid im Auge, als du sie gekauft hast? Jetzt musst du nur noch geschminkt werden." „Kein Make-up!" Mit aller Kraft versucht sie die resolute Frau abzuwehren. „Was hast du gegen Schminke? Willst du wie eine Klosterschülerin oder Nonne aussehen?" Da war es wieder, das verhasste Geläster über die väterlich verordneten Moralvorstellungen. Sie muss an die ständigen Streitigkeiten darüber in ihrem Elternhaus zurückdenken. Selbst wenn sie sich auch nur andeutungsweise modisch kleiden wollte und der Rock dabei etwas über dem Knie endete, musste sie sich bittere Vorwürfe anhören. „In dem kurzen Rock kannst du das Haus keinesfalls verlassen. Du siehst darin wie ein billiges Flittchen aus." „Dann werde ich eben eins!", hatte sie einmal im Zorn leichthin geantwortet. Demonstrativ hatte sie sich die anstößig, fast vulgär wirkenden Schuhe gekauft, auch wenn sie sich sonst nach den strengen Anweisungen ihrer Eltern kleiden musste. Dabei hatte sie allerdings nicht im Traum daran gedacht, dass ihre provokante Drohung einmal wahr werden könnte. Jetzt ist sie tatsächlich eine Hure geworden und Huren müssen sich schminken, wenn sie erfolgreich sein wollen. Die Sorge des Vaters um den Anstand seiner Tochter passt nicht mehr.

„Du hast recht, ich sollte mich wirklich schminken." Entschlossen lehnt sie sich zurück und Maria macht sich ans Werk. „Wie lange betreust Du schon Nutten wie mich?" „Damen! Damen!", protestiert Maria. „Du bist doch keine Nutte!" „Ach, wirklich?" Claudia lacht kurz auf. Doch Maria achtet nicht auf den sarkastischen Ton und gibt auch keine Antwort. Sie ist voll und ganz mit dem Make-up beschäftigt. „Perfekt!" Stolz betrachtet sie schließlich ihr Werk. Ein letztes Mal begutachtet sie Claudia von oben bis unten. „Perfekt" wiederholt sie und packt ihre Sachen zusammen. „Jetzt warte hier, bis man dich holt."

Claudia ist wieder alleine. Obwohl die Sonne schon tief steht, ist es noch immer unerträglich heiß und stickig. Sie öffnet das Fenster. Dabei fällt ihr Blick auf ihr Spiegelbild auf der Glasscheibe. Erschrocken weicht sie zurück. Eine ihr fremde Frau sieht sie von dort an. Die stark bemalten dunklen Augen und knallroten Lippen gehören dem Gesicht eines völlig anderen

Menschen, als dem an den sie bisher gewohnt ist. Zudem hat sie den Eindruck, um Jahre gealtert zu sein. Dennoch sind Leid, Abscheu und Furcht weitgehend hinter einer attraktiven Maske verschwunden. Perfekt. Versonnen blickt Claudia auf die im Laufe der Zeit fast schwarz gewordene Hauswand des hohen fensterlosen Nachbargebäudes. Schwitzwasser tropft aus den, in der feuchten Tropenluft schnell rostenden Kästen der dort außen angebrachten Klimaanlagen und läuft an der Wand herunter. Über die Jahre haben sich davon schimmligen Flecken gebildet. Ob es ihr bei dem zu erwartenden Leben nun auch so ergehen wird? Wird ihr Körper rasch altern und schon bald einen genauso abstoßenden Anblick bieten? Ob es Maria mit ihrer geschickten Hand dann immer noch gelingen wird, die verrottete Mauer in wenigen Augenblicken hinter einer hübschen Fassade zu verbergen?

Noch einmal ziehen die Ereignisse am Morgen vor ihren Augen vorbei. Gleich nachdem das Schiff an einer Pier in Buenaventura festgemacht hatte, brachte man sie und die beiden anderen Frauen von Bord. Karin erschien wieder erstaunlich gefasst. Rosa trottete hingegen völlig teilnahmslos hinterher. Sie wirkte auf Claudia, als sei sie noch immer im Vollrausch. Sie war vielfach vergewaltigt worden, doch Eusebio hat es mit ihr besonders schlimm getrieben. Wie die beiden anderen Frauen schon befürchtet hatten, hatte er tatsächlich seine ganze Frustration an ihr abreagiert. Doch niemand interessierte sich für ihr Schicksal. Mit leeren Augen und mechanischen Bewegungen befolgte sie schweigend alle Befehle, die man ihr erteilte. Auch nach dem Verbleib des Mannes im Coca-Cola Hemd, den Eusebio gewissenlos beseitigt hatte, schien keiner je gefragt zu haben. Vielleicht hatte man sein Verschwinden nicht einmal bemerkt.

Eigenartigerweise war weit und breit kein Zöllner zu sehen, um das neu eingelaufene Schiff zu kontrollieren. Niemand fragte nach Ausweisen von Passagieren und Besatzung oder Ladepapieren. Auch drei Polizisten, die nur wenige Meter entfernt auf der Pier zusammenstanden, beachteten das Schiff nicht. In Ruhe rauchten sie ihre Zigaretten und schauten gelangweilt auf irgendwelche weit entfernt liegenden Boote, als hinter ihren Rücken die drei Frauen an Land gebracht und energisch in ein Fahrzeug gedrängt wurden, um sie in ihre neue Unterkunft zu fahren. Dort angekommen, war unverkennbar, dass Claudia nun tatsächlich in einem eher schäbigen Hafenbordell gelandet war. Viel tiefer kann eine gut behütete und mit allem denkbaren Luxus verwöhnte Tochter eines mächtigen Oligarchen nicht fallen. „Arbeiten musst du, nicht ich!", hatte sie einst arrogant zu Marta gesagt. Nun muss sie selbst arbeiten. Als Hure, auf die sogar ihr einstiges Dienstmädchen verächtlich herabsehen würde. Doch das ist ihr jetzt gleichgültig.

Der Mann, der sie in die Kontaktbar des Hauses bringen soll, betritt den Raum und reißt sie aus ihren trüben Gedanken. Sie gibt sich einen Ruck. Das unschuldige und sittsame junge Mädchen aus der weißen Villa am Fluss gibt es ab jetzt nicht mehr. Wohl aber eine Frau, die sich trotz ihres tragischen Schicksals ungebrochen Stolz, Kraft und Kampfesmut bewahrt hat. Mit hoch erhobenem Haupt folgt sie dem Mann in die Bar. Dort haben sich bereits viele Gäste eingefunden. Ganz anders, als die wilde, unzivilisierte Meute auf dem Schiff, stehen dort erstaunlich gut gekleidete Männer einzeln oder in Gruppen am Tresen zusammen oder sitzen in muntere Gespräche mit den Frauen vertieft in den verschiedenen Sofaecken des Raumes. Es wird viel getrunken, und die Stimmung unter den Männern steigt mit jeder Minute.

Absurderweise erinnert Claudia manches von dieser Gesellschaft an die Abendeinladungen ihres Vaters, wären da nicht die Frauen. Ganz anders als sie von den Veranstaltungen der Eltern gewohnt ist, scheint es hier nur jüngere, meist freundlich lächelnde, gut gelaunte Frauen zu geben, zumindest, solange männliche Gäste in der Nähe sind. Zur Freude der Männer versuchen sie sich zudem, mit aufreizender Kleidung, anzüglichen Bemerkungen oder frivolen Gesten gegenseitig zu übertreffen. Im krassen Gegensatz dazu verbrachten die Frauen, mit denen sie es bisher zu tun hatte, die Abendgesellschaften meist eher abseits der Herren weitgehend unter sich. Nicht wenige von ihnen erweckten dabei den Eindruck, als hätten sie mit ihren Männern ohnehin keine gemeinsamen Themen mehr, nachdem Nachwuchs und luxuriöse Versorgung sichergestellt waren. Claudia fragt sich jetzt, wie viele von ihnen sich letztlich dabei nicht viel anders verkauft haben mögen, als die Frauen es hier tun. In zahllosen Fällen wird der Unterschied nur in der Zahl der Männer und der Dauer der Beziehung liegen,

Pacho bittet die Gäste einen Moment um Aufmerksamkeit. Elegant gekleidet und mit gewandtem Auftritt wirkt er mal wie ein seriöser Geschäftsmann, mal wie ein eitler Lokalpolitiker. Wer ihn so erlebt, käme nie auf die Idee, es mit dem Boss einer Bande primitiver und brutaler Krimineller zu tun zu haben. Mit charmanten Worten stellt er seiner Stammkundschaft und den anderen Gästen die drei neuen Frauen vor. Er lobt ihre Klasse und sichert sich mal mit scherzhaften, mal mit anzüglichen Bemerkungen den Beifall des männlichen Publikums. Seiner Anweisung folgend stehen Claudia und die beiden anderen neben ihm. Rosa starrt teilnahmslos auf den Boden vor sich und vermittelt den Eindruck, seine Kommentare über sie gar nicht wahrzunehmen. Karin mustert die Gäste mit ausdruckslosem Gesicht. Pacho streicht ihr das Haar aus dem Gesicht, schiebt ihren Rock etwas hoch und öffnet ihre Bluse weiter. Mit einem verlegenen Lächeln lässt sie es widerstandslos geschehen. Nun fehlt nur noch, dass sie, wie einst auf den Sklavenmärkten, ihr Gebiss von der Meute begutachten lassen muss, kommt es Claudia in den Sinn.

Dann ist sie selbst an der Reihe. „Für die, die eher eine etwas altmodische, brave, gehorsame und klösterliche Dame bevorzugen, haben wir hier ihre Traumfrau." Die nachfolgenden Lobeshymnen erinnern sie an die ihres Vaters auf der Geburtstagsfeier, nur gelten sie diesmal vor allem ihrem Körper. Sie kocht vor Wut. Anders als Karin ist sie fest entschlossen, sich keinesfalls in der gleichen entwürdigen Art vorführen zu lassen. Als Pacho sich anschickt, auch sie zu berühren, weicht sie ihm demonstrativ aus. Seine Aufforderung – oder war es schon eine Anweisung - näher zu ihm zu kommen, ignoriert sie und tritt sogar noch einen Schritt zur Seite. Von ihrer Aufregung und Furcht dabei lässt sie nach außen nichts erkennen. Verblüfft hält Pacho inne. Für alle im Publikum unübersehbar, schießt tiefe Zornesröte in sein Gesicht. Aus dem eben noch charmanten Lächeln wird ein stechender, vernichtender Blick zu Claudia. Den anderen Frauen stockt der Atem. Gespräche verstummen und es herrscht plötzlich gespannte Stille im Raum. Während Pacho offenbar noch fieberhaft überlegt, ob er sie mit Gewalt zu sich holt, lässt sie ihn stehen und geht scheinbar gelassen an den Männern vor ihr vorbei an die Theke. Gebannt folgen ihr alle Augen. Dort hängt sie sich an den Hals eines überraschten Gasts, dreht sich zum Publikum und entblößt mit verächtlichem Gesichtsausdruck, selber eine Brust. Nachdem sie den nun johlenden Gästen noch ein paar Luftküsse zugeworfen hat, bedeckt sie sich wieder in aller Seelenruhe. Verwirrt sucht Pacho nach passenden Worten, um ihr

Verhalten zu einem geplanten Teil der Show zu machen, doch keiner achtet mehr auf ihn. Von wegen klösterlich und gehorsam... Wieder sollte sie gezwungen werden, jemand zu sein, der sie nicht sein will. Ob Nonne oder Hure, diesmal hat Claudia wenigstens die Regeln ihres Auftritts selbst bestimmt. Sie scheint nicht nur ihren Mut, sondern auch ihre alte Arroganz wiedergefunden zu haben. Doch die hat sich jetzt in eine wertvolle Maske verwandelt, hinter der sie Abscheu und Wut, aber auch Furcht und Scham verbirgt.

„Erstaunlich, wo der Mann immer wieder so hübsche und interessante Frauen auftreibt, um für ihn zu arbeiten", meint einer der älteren Gäste zu seinem Nachbarn. „Ja, Sie haben recht, *Padre* [10], er muss verdammt gute Beziehungen haben." Keinem von den beiden ist wohl jemals der Gedanke gekommen, dass die Frauen nicht freiwillig hier sein könnten. „Sprechen Sie mich hier doch nicht mit *Padre* an!" Besorgt sieht sich der zur Sünde entschlossene Gottesdiener um. „Viele kennen Sie doch ohnehin, und hier hat sicherlich jeder Verständnis dafür, dass Sie als unverheirateter Mann ab und zu dieses Haus besuchen müssen", beruhigt ihn sein Gesprächspartner. Ein weiterer Mann gesellt sich lachend zu den beiden. „Wie ich sehe, stehen wir hier heute Abend unter dem Schutz von Armee und Kirche. Was sagen Sie zu den drei neuen Frauen, verehrter Oberst?"

Eigentlich hatte Claudia erwartet, dass sie auf der Party Männer wie Eusebio oder Pedro trifft. Überraschend hat sie es aber auch mit Männern aus der ihr vertrauten Umgebung zu tun, die hier jedoch ganz anders auftreten, als sie es bisher erlebt

---

[10] Im spanischen Sprachraum übliche Anrede oder Titel für einen Geistlichen.

hat. Konventionen, Positionen und Status haben einen anderen Stellenwert. Offen zeigt so mancher seine sonst sorgfältig verborgenen Interessen, Wünsche, Schwächen und Begierden. Voller Zynismus fragt Claudia sich, wie viele von diesen Kunden die gesellschaftliche Verachtung eines solchen Ortes und seiner Frauen inbrünstig teilen, oder den moralischen Predigten eifrig Beifall klatschen, wenn sie nicht gerade hier sind. Wie oft mag sie es bei den um die Sittsamkeit allzu besorgten Menschen, denen sie in den Kreisen ihrer Eltern so häufig begegnet war, wohl nur mit Verlogenheit und Heuchelei zu tun gehabt haben?

In einer Ecke neben dem Eingang entdeckt sie plötzlich Pedro und geht zu ihm. „Was machst du denn hier?" „Ich soll gegebenenfalls für Ruhe und Ordnung zu sorgen, falls irgendetwas aus dem Ruder läuft." „Und uns bewachen, damit wir nicht abhauen?" „Das ist wohl kaum nötig. Wo wolltest du denn hin. Du kennst hier niemand, hast kein Geld und Pachos Leute würden dich im Nu wiederfinden. In der Stadt wimmelt es von Informanten von ihm, und von Buenaventura nach Cali, der nächsten Großstadt, gibt es nur eine einzige Straße und auch die hat er schnell unter Kontrolle. Alle anderen enden irgendwo im Nichts. Komme bloß nicht auf dumme Gedanken. Jeden Fluchtversuch würde er bitter bestrafen." „Das hat man uns schon mehrmals gesagt. Aber zum Glück habe ich ja dich", heuchelt sie und greift nach seiner Hand. „Nicht hier", schnell zieht er seine Hand zurück. „Hier kann ich dir nicht helfen, und man sollte auch nicht unbedingt von unserer Beziehung wissen. Los, geh' und kümmere dich wieder um die Gäste. Weißt du schon, wen du heute beglücken wirst", fragt er kühl und scheinbar gleichgültig. Doch Claudia spürt, dass ihm keineswegs egal ist, was mit ihr geschieht, er es aber nicht mehr verhindern kann. Sie weiß nicht recht, was sie eigentlich von ihm erhofft hatte. Doch nun ist ihr endgültig klar, dass sie nicht auf Hilfe warten darf. Sie muss sich alleine durchbeißen und sich wie ein Raubtier ihre Opfer suchen, bevor sie selbst zum Opfer wird. Auch wenn sie keinerlei Erfahrung damit hat, was auf sie zukommt, bleibt ihr jetzt nur die Wahl, den Oberst oder den *Padre* zu verführen, mit ihr die Nacht zu verbringen, will sie nicht in die Hände von irgendwelchen anderen, vielleicht brutalen oder volltrunkenen Gästen fallen. Der Oberst erinnert sie sehr an einen, ihr nicht unsympathischen Freund ihres Vaters, der stets ein Auge auf sie geworfen hatte. Soll er sie doch nun bekommen, denkt sie bei sich und entscheidet sich für den Oberst.

Ein paar Tage vergehen, doch Claudia kommen sie vor, als seien es Jahre. Schnell hat sich erwiesen, dass die Kundschaft des Bordells natürlich nicht nur aus Leuten, wie dem Oberst oder dem Padre besteht. Neben Büroangestellten finden vor allem Seeleute und der eine oder andere Hafenarbeiter den Weg hierher. Erstaunlicherweise ist die Mehrzahl der Männer, wenn auch alles andere als zartfühlend, wenigstens einigermaßen freundlich zu ihr. Einige werben sogar regelrecht um sie. Zumindest, solange sie mit ihr noch in der Bar zusammensitzen, verhalten sich viele so, wie sie es andernorts mit „seriösen" Frauen auch getan hätten. Einmal allein mit ihr sind viele jedoch weit weniger zurückhaltend. Vor allem wenn sie zu viel getrunken haben fallen letzte Hemmungen. Haben sie mit ihr geschlafen, verschwinden sie in der Regel hastig und würdigen sie kaum noch eines Blickes. Teilnahmslos lässt sie alles über sich ergehen. Getreu ihren Vorsätzen hat sie sich der neuen Umgebung angepasst, Scham und Skrupel verloren, Wertvorstellungen und Spielregeln aus ihrer Vergangenheit verdrängt.

Gerade hat sie sich mühsam dazu überwunden, wieder in die Bar zu gehen und den nächsten Kunden zu suchen, da steht plötzlich Pedro vor ihr. „Wo kommst du denn her?" Überrascht sieht sie ihn an. Ohne zu antworten, mustert er sie fast so, wie ihr Vater das immer getan hat, wenn sie abends das Haus verlassen wollte, um zu einer Party zu gehen. Missmutig betrachtet er das kleine Kleid, das ihren Körper kaum verdeckt. „Die Geschäfte laufen gut?", fragt er ironisch und blickt in ihr geschminktes Gesicht. „Und du, was tust du dagegen, dass ich hier arbeiten muss?" Wieder bekommt sie keine Antwort von ihm. Stattdessen kommt er mit einem höchst ungewöhnlichen Befehl. „Los, wir gehen einkaufen!" „Wir gehen was...?"„Ich sage dir doch, wir gehen einkaufen. Du brauchst dringend mehr Klamotten und man hat mich beauftragt, mit dir einkaufen zu gehen und aufzupassen, dass du nicht abhaust." „War übrigens nicht ganz einfach zu organisieren, dass sie mich dafür ausgewählt haben", ergänzt er grinsend. „In dieser Aufmachung?" Beschämt sieht sie an sich herunter. „Na klar, wie denn sonst. Bei der feuchten Hitze läuft hier jeder halb nackt 'rum."

Nur wenige Menschen sind auf den Straßen unterwegs. Wer irgend kann, sitzt in einem klimatisierten Raum oder zumindest im Schatten. Keiner kümmert sich um die beiden. Obwohl Claudia recht groß ist und zudem ihre hohen Stöckelschuhe trägt, erscheint Pedro neben ihr wie ein gewaltiges Tier, das unbeholfen mit seinem Jungen durch die Gegend tappt, bereit, sofort zuzubeißen, wenn sich jemand seinem Schützling nähert. Nach einigen Anproben kaufen sie zwei nicht viel weniger offenherzige Kleider, als die, die Claudia bisher tragen musste, sie aber nicht mehr ganz so billig aussehen lassen. Für die Bitte, auch eine Jeans zu kaufen, hat Pedro kein Ohr. Seine klaren Anweisungen würden das keinesfalls erlauben. Nach langem Drängen lässt er sich erweichen, ihr wenigstens einen kurzen Jeansrock und ein enges T-Shirt zu kaufen.

Als sie das klimatisierte Geschäft verlassen, trifft sie die quälende Hitze auf der Straße noch härter als vorher. Zu Claudias freudiger Überraschung beschließt Pedro daher schon bald, sich mit ihr noch kurz in eine der *Cafeterías* an der Straße zu setzen. Doch dort wird ihr erst richtig bewusst, in was für eine deprimierende Lage sie geraten ist. Neidvoll sieht sie auf die Menschen um sich herum, die selbst entscheiden können, welche Kleidung sie tragen und was sie tun oder lassen wollen. Gefangen und eingesperrt muss sie hingegen widerspruchslos tun, was andere ihr befehlen. Auch in dem jetzt unsichtbaren Käfig wird sie von einem Wärter beaufsichtigt und an kurzer Leine geführt. Doch der tut sich mit der Bewachung gerade besonders schwer. Stöhnend presst er auf seine Blase. Schweißperlen laufen ihm über die Stirn. Natürlich darf er Claudia nicht unbeaufsichtigt lassen. Schließlich hält er es jedoch nicht mehr aus und springt auf. „Komm bloß nicht auf dumme Gedanken. Wehe du haust ab!" Hastig stürzt er zur Toilette.

So sitzt sie plötzlich allein in einer *Cafeteria* auf offener Straße. Unbewacht! Sie kann es kaum glauben. Eine Gruppe von Jugendlichen geht ausgelassen scherzend und unbeschwert an ihr vorbei. Warum sollen die das dürfen und sie nicht? Die Tür ihres Käfigs steht jetzt weit offen, sie muss einfach nur gehen. Einem unwiderstehlichen Zwang folgend, sieht sie sich im nächsten Moment tatsächlich aufstehen. Zögernd und ohne richtig zu begreifen, was sie tut, läuft sie dem munteren Gelächter nach. Zunächst zögerlich, doch mit jedem ihrer Schritte wird sie schneller und schneller. Getrieben von einem nunmehr übermächtigen Freiheitsdrang überholt sie die Gruppe und rennt kopflos davon. Ein paar Ecken weiter drückt sie sich erschöpft in den Schutz eines Hauseingangs und ringt nach Luft. Ihr Herz schlägt vor Anstrengung und Aufregung wie verrückt. Langsam kommt sie wieder zu sich. Was nun? Im Busbahnhof oder an irgendeiner Stelle der Ausfallstraße nach Cali eine Transportmöglichkeit zu suchen, scheidet wohl aus. Nicht nur Pedro hat sie oft genug davor gewarnt. Gerade dort sollen sich zahllose Informanten von Pacho herumtreiben. Außerdem besitzt sie kein Geld. Sie hat nicht einmal die paar Pesos, um überhaupt dorthin zu kommen. Für eine Flucht bietet der Hafen und seine Schiffe sicherlich weit mehr erfolgversprechende Möglichkeiten und Verstecke. Sie hat allerdings keine Ahnung, wo sie dort ein geeignetes Schiff finden kann. Noch ratloser ist sie, wie sie an Bord gelangen könnte. Einen Moment lang denkt sie daran zu dem nächsten Polizeiposten zu gehen. Schnell hat sie jedoch wieder das Bild der Polizisten vor Augen, die bei ihrer Ankunft tatenlos auf der Pier standen und von den Vorgängen hinter sich nichts wissen wollten. Vermutlich würden selbst dort korrupte Freunde Pachos dafür sorgen, dass sie ihm unverzüglich wieder ausgeliefert wird. Oder sie landet womöglich im Gefängnis, da sie keine Papiere besitzt und sich illegal im Lande befindet. Auch diese Lösung muss sie als viel zu riskant verwerfen.

So also doch zum Hafen! Da sie keine Ahnung hat, wo sie sich befindet und wie sie dorthin kommt muss sie jemand nach dem Weg fragen. Zögernd sieht sie sich unter den Passanten um, wer von ihnen einen vertrauenserweckenden Eindruck macht, nicht zu Pachos Spionen zu gehören. Schließlich wählt sie eine harmlos wirkende ältere, schwarze Frau aus und spricht sie an. Doch anstatt ihr eine Antwort zu geben, mustert die Frau mit misstrauischen Blicken Claudias aufreizende Kleidung, ihre blonden Haare und weiße Haut. „Was willst Du denn dort? Wohin soll es denn gehen? Zur Hafenverwaltung?

Auf ein Schiff?" Die Art und Weise, wie sie die Fragen stellt vermittelt den Eindruck eines Polizeiverhörs. Ihre laute Stimme zieht die Blicke der Vorbeigehenden auf sich. Einige gesellen sich neugierig zu ihnen, um nichts zu verpassen. „Ach, schon gut. Danke. Ich werde den Weg sicher alleine finden." Fluchtartig verlässt sie die Leute, bevor sie ihr weitere Fragen stellen und noch mehr Aufmerksamkeit erregt wird.

Pacho entgehe nichts, was in Buenaventura geschieht. Er habe überall in der Stadt seine Verbindungen und Spione. Wer versucht zu fliehen, wird daher nicht weit kommen, war sie immer und immer wieder eindringlich gewarnt worden. Nervös eilt sie in die Richtung, in der sie den Hafen vermutet. Ein Auto fährt langsam an ihr vorbei. „Wo willst Du denn hin? Soll ich dich ein Stück mitnehmen, Süße?", ruft ihr der Fahrer durch das offene Wagenfenster zu. Schnell wendet sie sich von ihm ab, damit er ihr Gesicht nicht sehen kann. Auch der nächste Passant, dem sie begegnet, scheint sie sehr genau zu prüfen. Ganz anders als vorher, als sie an Pedros Seite von niemand beachtet durch die Straßen gelaufen war, hat sie seltsamerweise nun das Gefühl, in dieser Stadt gäbe es überall nur noch neugierige Augen und weit offene Ohren, die jeden ihrer Schritte verfolgen. Auf keinen Fall darf sie erwischt werden. Pacho und seine Bande sind zweifellos zu allem fähig, wenn es darum geht, die Wahnsinnige, die den Versuch gewagt hat zu fliehen, drastisch zu bestrafen. Unbändige Furcht ergreift sie, und sie beginnt ihr unbedachtes Handeln mehr und mehr zu bereuen.

Vor dem Eingang einer Kneipe stehen drei finstere Typen zusammen und streiten heftig über irgendetwas. „Wo gehört die denn hin?", unterbricht einer der Kumpane überrascht die Diskussion, als Claudia an ihnen vorbeigeht. Alle Blicke richten sich nun auf sie. Selbst als sie sich ein ganzes Stück weiter noch einmal ängstlich umdreht, scheint sie unverändert den Gesprächsstoff zu liefern. In ihrer Fantasie sieht sie bereits, wie die Männer johlend über sie herfallen und sie triumphierend zu Pacho zerren, um mitzuerleben, wie sie ausgepeitscht und sadistisch gequält wird. Ist sie erst einmal wieder in seinen Händen, wird Pacho zweifellos ein Exempel an ihr statuieren müssen, um wieder sicherzustellen, dass die Frauen, die für ihn arbeiten sollen, widerstandslos tun was er verlangt und nicht mehr wagen wegzulaufen. Sicherlich fördert er auf diese Weise auch den Gehorsam seiner Mannschaft. Bei diesem Gedanken kommt ihr Pedro in den Sinn. Er ist bestimmt zutiefst schockiert und verletzt, hatte er ihr doch blind vertraut. Zudem dürfte ihm für sein Versagen eine nicht weniger drastische Strafe drohen, als ihr. Wut und Verzweiflung füllen ihre Augen mit Tränen. Zornig wischt sie sie weg.

In jedem Menschen, dem sie begegnet, sieht sie jetzt einen von Pachos Leuten, Helfern oder Spionen. Ein Motorrad fährt an ihr vorbei, dreht aber plötzlich um und kommt zurück. Aus den Augenwinkeln meint sie zu erkennen, dass der Fahrer sie besonders eindringlich betrachtet, bevor er um die nächste Ecke biegt und wieder verschwindet. Dabei hat sie sogar das Gefühl, als hätte sie das Gesicht schon einmal gesehen. Das ist endgültig zu viel für sie. Schreckensbleich und von wilder Panik ergriffen, rennt sie zurück zu der *Cafeteria*, in der sie mit Pedro gesessen hatte.

Zum Glück ist er noch dort. Außer sich vor Wut, die Fäuste geballt, schreit er gerade den Wirt an. „Du musst doch gesehen haben, in welche Richtung sie abgehauen ist.“ „Ich sage dir doch, ich habe nicht einmal bemerkt, dass sie weg war.“ Ratlos, was er sonst tun könnte, hat sich Pedro ihn offenbar schon eine Weile vorgenommen und zum Opfer seiner Frustration gemacht. Der arme Mann windet sich wie ein

Kaninchen, dass den tödlichen Biss einer Schlange erwartet. Noch einmal bäumt er sich auf: „Schließlich kann ich mich doch nicht darum kümmern, wenn meinen Gästen die Frau wegläuft. Da müssen sie schon selber aufpassen!" „Jetzt wirst du auch noch frech!" Pedro holt zum Schlag aus. „Beruhe dich, ich bin doch hier!" Er fährt herum. Ungläubig starrt er auf Claudia, die lächelnd hinter ihm steht. Er lässt die Faust wieder sinken. Hastig verschwindet der Wirt irgendwo in einem der hinteren Gebäudeteile. Auch wenn Pedro die gewaltige Erleichterung deutlich anzusehen ist, fährt er sie zornig an: "Was hast du dir dabei gedacht, mich hier alleine sitzen zu lassen? Wo bist du gewesen?" „Ich wollte nur wissen, ob du mich eigentlich vermisst, wenn ich einmal verschwinde." Etwas Besseres ist ihr nicht eingefallen. Ihm ist jedoch wahrlich nicht zum Scherzen zumute. „Ich sollte dir eine ordentliche Tracht Prügel geben." Eilig und schweigend treibt er sie so schnell wie möglich in ihr Gefängnis zurück.

Wieder vergehen Tage und dann geschieht, was geschehen musste: Ihre Tür fliegt auf und vor ihr steht Eusebio. Mit gierigen Augen betrachtet er ihren Körper. Sie hat das Gefühl, schon nackt vor ihm zu stehen. Während sie noch überlegt, wie sie dem Mann entkommen kann, ist er schon über sie hergefallen und drückt sie auf ihr Bett. Sie schreit und zappelt, aber das macht ihn eher nur noch wilder. Er reißt ihr die Kleider vom Leib. Mit brutaler Gewalt bricht er ihren letzten Widerstand. In seiner Besessenheit hat er nicht einmal mehr die Tür zu ihrem Zimmer geschlossen. Entsetzt und mit tiefer Scham nimmt Claudia nun dort die lüsternen Gesichter drei seiner Kumpane wahr, die ihm gefolgt sind, um das Schauspiel aus nächster Nähe mitzuerleben. Eusebio scheint das in keiner Weise zu stören. Im Gegenteil. Nachdem Claudia ihn lächerlich gemacht hatte, glaubt er, als Macho damit sein lädiertes Ansehen wiederherstellen zu können.

Doch plötzlich ist Pedro da. Mit unbändiger Kraft stößt er die drei Zuschauer beiseite. Zwei flüchten in Panik, den Dritten schleudert er so heftig gegen eine Wand, dass er bewusstlos an ihr zusammensinkt und dort eine blutige Schleifspur hinterlässt. Dann stürzt sich Pedro in blinder Wut auf Eusebio. Ehe der begreift, was geschieht, trifft ihn ein wuchtiger Messerstich im Leib und wirft ihn zu Boden. Ungläubig starrt er auf den Blutfleck, der sich rasch unter ihm ausbreitet. Dann spürt er einen heftigen Schmerz und verliert ebenfalls das Bewusstsein. „Los, wir müssen abhauen!" Pedro ist schon an der Tür, als er merkt, dass Claudia noch immer starr und regungslos auf dem Bett liegen bleibt. Er reißt sie hoch und schüttelt sie heftig. Endlich nimmt sie ihre Umwelt wieder wahr. Wie in Trance zieht sie eilig den Jeansrock an und kann gerade noch das T-Shirt greifen, bevor Pedro sie hinaus auf den Gang zerrt. Rennend streift sie es sich über. In der Bar ist noch niemand zu sehen und auch Eusebios geflohene Kumpane lassen sich nirgends mehr blicken. So können sie unbehelligt das Gebäude verlassen. Barfuß und keuchend versucht Claudia mit dem sonst so schwerfällig wirkenden Pedro Schritt zu halten. Nachdem sie ein gutes Stück gelaufen und um mehrere Ecken gebogen sind, bleiben beide atemlos stehen.

Pedro stoppt ein vorbeifahrendes Taxi, stößt Claudia hinein und springt hinterher. „Los, fahr schon!" Er nennt das Fahrziel. „Sie haben es aber ganz schön eilig", bemerkt der Fahrer und betrachtet Claudia in seinem Rückspiegel. Mit einem süffisanten Lächeln fügt er noch hinzu: „Kann man aber auch gut verstehen, Bruder." „Halt die Schnauze und konzentriere dich auf die Straße!" Sie verlassen das Zentrum und bald stehen rechts und links der Straße nur noch armselige Hütten. Aus asphaltierter Fahrbahn wird ein schlammiger Weg mit unzähligen Schlaglöchern, der irgendwo am Ufer der Bucht endet. Es ist Ebbe und von den Stützmauern des erhöhten Platzes blickt man auf eine weite Schlickfläche. Überall stehen zahllose Pfahlbauten und werden durch ein unübersichtliches Gewirr von schmalen Holzstegen, Leitern und Pfaden durch den Schlick oder die Mangroven verbunden. Wer sich hier nicht auskennt, ist hoffnungslos verloren. Die Bevölkerung besteht fast nur noch aus Afrokolumbianern, Negritos, wie sie überall im Land genannt werden. Eine johlende Horde nackter Kinder umringt das Auto. Mit einem guten Trinkgeld wird der noch immer verärgerte Taxifahrer versöhnt und verschwindet wieder in Richtung Stadt.

„Dort lang!" Pedro zeigt auf einen der langen Holzstege. Manche Hütten, an denen sie vorbeikommen, sind so windschief, dass man sich fragt, warum sie nicht längst zusammengefallen sind. Durch offene Fenster oder Türen kann Claudia ab und zu die äußerst spärliche Einrichtung sehen. Frauen hocken an einer Feuerstelle. Vor den verrauchten Hütten spielen Kinder. Unter den Pfahlbauten türmen sich Berge von verrottenden Abfällen im Schlick und sorgen dafür, dass von dort immer wieder ein modriger Gestank aufsteigt und Claudia an manchen Stellen fast den Atem verschlägt. Männer lungern irgendwo im Schatten, die Bierflasche vor sich. Arbeiten muss offenbar keiner von ihnen. Kaum einer beachtet Pedro und Claudia, als sie vorbeilaufen. Höchstens dreht sich einmal einer nach Claudia um, stößt einen anerkennenden Pfiff aus oder ruft ihr eine anzügliche Bemerkung hinterher. Schließlich erreichen sie das Ende des Stegs.

Vor der letzten Hütte sitzen zwei alte Männer und spielen ein Brettspiel. Ihre Gesichter sind unter den für die Gegend typischen Strohhüten verborgen. Auch wenn man meinen könnte, dass sie, auf ihr Spiel konzentriert, die Welt um sich nicht wahrnehmen, haben sie die Ankömmlinge sehr wohl längst bemerkt. „Pedro, was machst du denn hier?", fragt einer von den beiden, ohne aufzusehen. „Und die tolle Frau! Wie bist du denn zu der gekommen?" Einer von ihnen zieht seine Figur und beide starren gebannt auf das Brett. „Erzähle ich euch später, jetzt brauche ich erst einmal schleunigst ein Boot. Habt ihr eine Ahnung, wer vollgetankt hat und gleich losfahren kann?" Erst jetzt blicken die beiden Männer neugierig zu ihm auf. „Was hast du denn angestellt, dass du so schnell abhauen musst?" „Das erzähle ich euch auch später." Hastig blickt er sich um. Ein paar Hütten weiter zurück entdeckt er ein ihm bekanntes Boot mit einem großen Außenbordmotor. „Was ist mit Jorge, dem alten Ekel, der ist doch immer fahrbereit?" „Keine Ahnung, wir haben ihn heute hier noch nicht gesehen."

„Du bleibst hier sitzen bis ich zurück bin!", befiehlt er Claudia und verschwindet im Gewirr der Hütten. Froh, dass sie nicht mitmuss, sucht sie sich einen Platz im Schatten. Das Laufen fiel ihr ohnehin schwer, da sie auf einem der Stege in einen Holzsplitter getreten ist. Auch wenn sie sich schnell wieder von ihm befreien konnte, schmerzt die Wunde. Außerdem ist sie von der Hitze völlig erschöpft. Wohin Pedro wohl flüchten will, fragt sie sich und denkt mit Grauen an ihren gescheiterten Fluchtversuch zurück. Ihr ist klar, dass die einzige Chance zu entkommen nur über das Meer führt. Schließlich schläft sie ein. Doch schon wenig später wird sie von Pedro wieder geweckt. „Los komm hoch, wir müssen weiter". Am Steg liegt jetzt ein Boot mit zwei starken Außenbordmotoren. Mit der Flut ist das Wasser wiedergekommen und steigt stetig weiter an. Die beiden Männer mit den Strohhüten helfen Pedro, einen zusätzlichen Benzinkanister und ein paar Wasserflaschen in das Boot zu laden. „Jorge war nicht zu finden, aber

glücklicherweise hatte Salvador gerade sein Boot vollgetankt."
Salvador, „der Erlöser", ein sehr passender Name, denkt Claudia bei sich. „Ihn zu überzeugen, heute noch einmal auszulaufen, hat mich allerdings eine Stange Geld gekostet."

Und zu Claudia flüstert er leise: „Lass bloß nicht erkennen, dass du Pacho gehörst und abgehauen bist. Wenn er das wüsste, würde es nie wagen, mit uns an Bord auszulaufen." „Ich gehöre dem doch nicht!", fährt Claudia entrüstet auf. „Wie auch immer, ich habe Salvador erzählt, du bist eine Touristin, die ich vor dem Hotel „Estación" kennengelernt habe. Das ist das einzige elegante Hotel hier in der Stadt." „Ich glaube, dort habe ich vor vielen Jahren mit meinem Vater übernachtet, als wir von hier zum Hochseeangeln gefahren sind", erinnert sich Claudia. „Das ist doch so ein Gebäude in klassischem Kolonialstil, nicht wahr?" „Ja, genau. Dann kannst du die Story umso glaubwürdiger erzählen." „Hört mit eurem Liebesgeflüster auf. Das Boot ist fertig und wir können los." Tiefe Erleichterung erfasst Claudia, als sie wenig später die offene See erreichen. Die beiden Motoren röhren so laut, dass sie sich nur schreiend verständigen kann. Das Boot fliegt über die See. Gischt sprüht ihr immer wieder in das Gesicht, ihr langes Haar weht wild im Fahrtwind. Mit strahlend lachenden Augen genießt sie die wiedergewonnene Freiheit. Für den Moment hat sie die Ereignisse der vergangenen Tage und die Gefahr, verfolgt zu werden, verdrängt, und mit dem einfältigen Pedro wird sie schon fertig werden. Voller Zuversicht ist sie fast glücklich.

Brandung

An der Steuerbordseite steigen von undurchdringlichem Dschungel überwucherte, steile Felswände aus dem Meer auf. Donnernd und schäumend kracht die hohe Brandung des Pazifiks dagegen. Fregattvögel kreisen über der wilden, einsamen Küste. Weit und breit gibt es hier keine Straße, keinen Weg, keine menschliche Ansiedlung mehr. Bei Sonnenuntergang erreichen sie die *„Nariz del Diabolo"*, die „Teufelsnase", einen besonders markanten Felsen, wild umtobt von der See. Monoton dröhnen die Motoren. Schweigend sehen Claudia und Pedro zu, wie die endlose Wasserfläche um sie herum in der Dämmerung versinkt.

„Juanchaco!" Salvador zeigt mit dem Finger auf zwei, drei Lichter, die vor ihnen in der Ferne an der Küste auftauchen. Schnell kommen sie näher und weitere Lichter flackern auf. Dann ist deutlich ein sich gleichmäßig wiederholendes, donnerndes Geräusch zu hören. „Wir müssen sehen, wo wir am besten sicher durch die Brandung kommen. Haltet euch gut fest! Er drosselt die Motoren, reibt sich immer wieder das Spritzwasser aus den Augen und starrt angestrengt auf die dunkle Wasserfläche vor ihnen. Das Rauschen der Brandung wird lauter und lauter. Dann wird das Boot von einer großen Welle erfasst und von ihr mit einem harten Schlag knirschend auf den Sand gesetzt. Gerade rechtzeitig hat Salvador die beiden schweren Außenbordmotoren hochgeklappt. Reißend strömt das Wasser der Welle wieder in das Meer zurück. Doch das Boot liegt fest auf dem Strand und auch die nächsten Wellen bewegen es nicht mehr,

Ein abgelegenerer Ort als Juanchaco ist kaum denkbar. Eine Landverbindung hierher gibt es nicht. Endlose unbewohnte und meist von undurchdringlichen Urwäldern bedeckte Wildnis, trennen die winzige Siedlung vom Rest der Welt. Die einzige Möglichkeit nach Juanchaco zu gelangen ist das

Schiff. Die Dorfbewohner sind bitterarm und jeder versucht, sich irgendwie durchzuschlagen. Die meisten leben vom Fischfang. Abgesehen von ein paar Hochseeanglern aus Cali am Wochenende verirren sich kaum Fremde hierher. Die von vulkanischer Erde schwarz gefärbten Strände wirken düster und wenig einladend. Ein richtiges Hotel gibt es nicht. Nur einige schäbige Hütten bieten Unterkunft. Zudem wütet immer wieder die Malaria und fordert erbarmungslos ihre Opfer. Ein wenig attraktiver Platz.

Vom Boot sind es nur ein paar Schritte den Strand hinauf, um auf die „Dorfstraße" zu gelangen. Einfache, zum Teil bunt bemalte Holzhütten unter schlanken, hohen Palmen säumen einen breiten, sandigen Weg. Die hier ständig niedergehenden, tropischen Regengüsse haben überall Pfützen hinterlassen. Die Einwohner stört das nicht. Viele laufen ohnehin barfuß. Fahrzeuge, die dadurch behindert werden könnten, gibt es nicht. Vor allem am Abend spielt sich auf und an diesem Weg das rege Leben von Juanchaco ab. Von den Feuerstellen steigen Rauchschwaden auf. Frauen bereiten das Abendessen zu. Türen und Fenster stehen weit offen, um etwas Erfrischung von der nächtlichen Seebrise zu erlangen. Man schwatzt mit den Nachbarn, sitzt beim Essen, Trinken oder Kartenspiel. In irgendeiner Ecke läuft unbeachtet ein Fernsehgerät. Hören kann man es ohnehin kaum, denn wie überall im Dorf dröhnt auch hier ständig ohrenbetäubende Musik aus verschiedenen Lautsprechern. Jeder, der vorbeigeht, kann am Familienleben teilnehmen. Alles spielt sich vor den Augen aller ab. Selbst wenn jemand schnarchend in einem Sessel oder auf einem Bett liegt, stört er sich nicht daran, Zuschauer zu haben. In zahlreichen Hütten werden den Passanten Speisen und Getränke angeboten. Einige von ihnen haben sogar ein Schild „Restaurant" aufgehängt. Unter einem

Dach zum Schutz gegen den ewigen Regen stehen für hungrige oder durstige Gäste ein paar Tische und Plastikstühle bereit. Gekocht wird auf offenem Feuer. Die Kundschaft ist äußerst genügsam. Viel wichtiger als Speisen und Getränke sind die Amigos, die man dort trifft. Selbstverständlich dürfen die Lautsprecher nicht fehlen, aus denen Salsa, Merengue oder irgendeine andere hier beliebte Musik dröhnt.

Mit einer Wasserkaraffe und einem kleinen Stoffbündel in der Hand läuft Pedro zielstrebig durch den Ort. Barfuß patscht Claudia neben ihm achtlos durch Pfützen und Schlamm. Das von Gischt und Schweiß völlig durchnässte T-Shirt klebt ihr eng am Körper. Immer wieder muss sie sich triefende Haarsträhnen aus dem Gesicht wischen. Blond und mit ihrer hellen Haut sollte sie unter den meist schwarzen Einwohnern auffallen, doch niemand achtet auf sie. In einer Hütte am Dorfrand lebt José, ein alter Freund von Pedro. In freudiger Umarmung klopfen sich beide auf die Rücken. „Du mal wieder hier? Es ist ja schon eine Ewigkeit her, seitdem du dich das letzte Mal sehen gelassen hast! Ein hübsches Ding, das du da mitgemacht hast, deine Frau?" „Nein, eine Freundin. Sie heißt Claudia. Können wir eine Weile in deiner alten Hütte bleiben oder wohnt da jetzt wieder jemand?" „Na klar. Sie steht noch immer leer. Ihr sucht wohl ein Liebesnest? Oder musst du dich vor jemand verstecken? Wie auch immer, mach dir keine Sorgen, dein Bett findest du dort noch am alten Platz."

„Hier sind wir zunächst erst einmal sicher," flüstert er Claudia zu, als die beiden wieder alleine sind. „Gegenüber Pacho und seinen Leuten habe ich Juanchaco nie erwähnt und von sich aus wird er uns hier bestimmt nicht suchen." „Und was ist mit den Leuten, die uns in Buenaventura gesehen haben?" „Salvador und die anderen dort sind alte Freunde, auf die ich mich fest verlassen kann." Für einen Moment hat sie allerdings das

Gefühl, als wolle er nicht nur sie, sondern vor allem auch sich selber beruhigen. Erst beim Abendessen erfährt sie, dass Pedro in Juanchaco aufgewachsen ist. Seine Eltern sind schon lange tot. Dennoch hat er hier aber immer noch viele Freunde. Auch das ist sehr beruhigend. Da alle davon ausgehen, dass Claudia seine feste Partnerin ist, wird auch sie überall freundlich aufgenommen. So macht sie die für sie völlig neue Erfahrung, unter einfachen, anspruchslosen aber warmherzigen und stets heiter wirkenden Menschen zu leben.

Es ist fast Mitternacht, als der Generator am Rand des Dorfes abgeschaltet wird und alle Lampen im Ort erlöschen. Mit der Dunkelheit und dem Abbruch der Musik erstirbt das Leben rasch. Nur wenige Petroleumlampen flackern hier und da noch einmal auf und sorgen für spärliches Licht. Es dauert aber nicht lange, dann sind auch sie erloschen. Vereinzelte leise Gespräche im Inneren einiger Hütten verstummen. Kaum noch erkennbar, ist das Dorf in der Wildnis des umliegenden Urwaldes versunken. Grillen zirpen mit allen Kräften, als wollten sie das monotone Rauschen der Brandung des Pazifiks übertreffen.

Eines Morgens verkündet Pedro, dass er mit José hinausfahren wird, um zu fischen. Beide machen ein Boot klar. Bevor sie ablegen, ruft Pedro Claudia noch lachend zu, sie soll für ihre Rückkehr am Abend ein gutes Essen bereithalten. Ratlos sieht sie sich in der Hütte um und mustert den alten Topf auf der Feuerstelle. Sie hat noch nie gekocht und keine Ahnung, wie sie dort etwas zu Essen zubereiten soll. „Du hast wohl noch keine Feuerstelle gesehen?" Die Nachbarin, eine korpulente, stets fröhliche *Negrita*, hat Pedros Auftrag mitbekommen und durch die offene Tür belustigt beobachtet, wie Claudia hilflos die spärlich ausgerüstete Kochecke der Hütte durchstöbert hat. „Was könnt ihr Stadtmädchen denn eigentlich?", fragt sie und lacht laut und herzlich. „Pass auf, ich helfe dir und zeige dir, wie man Feuer macht."

Als Pedro und José am Abend in die Hütte zurückkommen, steht tatsächlich ein Essen auf dem Tisch. Hungrig stürzen sich die beiden Männer darauf. „Hätte ich dir gar nicht zugetraut, dass du kochen kannst." Etwas verlegen gesteht ihm Claudia, dass ihr die Nachbarin geholfen hat. „Ach, Carmen, der guten Seele." José sieht zur Nachbarhütte herüber. Sie sollte dir auch zeigen, wie sie Hosen und Hemden am Fluss wäscht. Das ist mal wieder dringend nötig." Ohne sich zu beschweren, übernimmt Claudia lauter Aufgaben, die bisher ihr Dienstpersonal ausgeführt hatte. Zu ihrer eigenen Verwunderung macht ihr das sogar Spaß. Die Arbeit gibt ihr das Gefühl nicht nur etwas Sinnvolles zu tun, sondern vor allem wieder in die menschliche Gesellschaft zurückgekehrt zu sein, wenn auch in eine völlig andere als ihre bisherige. Noch vor Kurzem hätte sie niemals daran gedacht, die Nähe solcher Leute zu suchen. Im Gegenteil. Hätte ihr jemand einen solchen Vorschlag unterbreitet, hätte sie ihn entrüstet zurückgewiesen. Selbst davon überrascht, muss sie sich nun sogar eingestehen, dass sie die Menschen in ihrer neuen Umgebung als viel ehrlicher, natürlicher und liebenswerter empfindet, als die eitlen Leute der „besseren Gesellschaft", mit denen sie bisher verkehrt hatte. Als würde sie schon immer hier leben, schwatzt Claudia mit den Nachbarinnen, bummelt durch den Ort und kennt auf der Dorfstraße bald jede Hütte und jeden Hund.

So vergehen Tage und Wochen. Pedro fährt immer wieder mit José zum Fischen hinaus. Das Meer! Es scheint, als habe Pedro seine kriminelle Vergangenheit dort draußen irgendwo versenkt und sich in einen neuen Menschen verwandelt. Auch Claudia zieht es immer wieder ans Meer. Stundenlang kann sie dort sitzen, die Pelikane bei ihrer Jagd auf Fische

beobachten und auf die unendliche Wasserfläche hinausse-
hen. Sie liebt die am Himmel kreisenden Fregattvögel, das
Geschrei der Möwen und das Rauschen der Brandung. Schon
als Kind hatte sie ihren Vater begeistert begleitet, wenn er
zum Hochseeangeln hinausfuhr. Selbst wenn sie nun erfahren
hatte, wie das Meer auch stürmisch, wild und gnadenlos sein
kann, hat es ihr auch wieder zu Freiheit verholfen und ihr inneren Frieden geschenkt. Dort schöpft sie auch die Kraft dazu,
ihre Rolle als Geliebte von Pedro so perfekt zu spielen, dass er
keinen Moment mehr auf den Gedanken kommt, dass sie irgendwann verschwinden könnte.

Dschungel

Es ist eine stürmische Nacht. Der Wind zerrt so stark am Dach der Hütte, dass es mächtig knarrt und knackt. Claudia hat immer wieder das Gefühl, als würde es in jedem Moment hochgerissen und davonfliegen. Selbst die Wände schwanken unter dem enormen Druck. Wie wird es Pedro draußen auf dem Meer ergehen? Schon den ganzen Tag sind schwarze Wolken drohend über die aufgewühlte See gezogen. Gewaltige Blitze zuckten am Horizont. Die hohe Dünung dürfte seinem kleinen Boot stark zusetzen. Dennoch hatte Pedro darauf bestanden, auch in dieser Nacht wieder herauszufahren. Claudia ist daher schon früh unter das Moskitonetz über ihrem Bett gekrochen, doch der Lärm des Sturms lässt sie nicht einschlafen. Wieder einmal denkt sie über ihre Zukunft nach. Auch wenn sie sich an den kleinen Ort am Ende der Welt gewöhnt hat und hier zur Ruhe gekommen zu sein scheint, kann sie nicht ewig bleiben. Doch wie und wohin sollte sie gehen? Durch den endlosen Urwald käme sie nicht weit. Der einzige Weg von Juanchaco wieder wegzukommen führt über die See, über Buenaventura. Alleine der Gedanke daran, auch nur in die Nähe der Stadt kommen zu müssen, erfüllt sie jedoch mit Angst und Schrecken. Wie schon so oft bringt ihr langes Grübeln auch diesmal keine neuen Erkenntnisse. Schließlich schläft sie darüber ein.

Sie weiß nicht wie lange sie geschlafen hat, als sie jemand fest am Arm zieht. Claudia fährt hoch. Verwirrt öffnet sie die Augen. Im Raum ist es stockdunkel. Eine Gestalt hockt neben ihrem Bett. Sie kann von ihr nicht mehr als einen Schatten sehen. Fieberhaft versucht sie, ein Gesicht zu erkennen. Doch dann hört sie eine vertraute Stimme aufgeregt flüstern. „Wach auf, aufwachen!" „Carmen? Bist du es?" „Ja, ich bin es." „Was ist denn los? Instinktiv redet sie ebenfalls mit kaum hörbarer Lautstärke. „Ich glaube, du solltest schnell von hier verschwinden und dich irgendwo verstecken." „Jetzt mitten in der Nacht?" „Ja. Von einer Nachbarin habe ich gerade gehört, dass heute Abend ein Boot mit drei Männern aus Buenaventura angekommen ist. Finstere Gesellen. Sie sollen bewaffnet sein. Trotz der späten Stunde durchstreifen die Kerle den Ort und fragen immer wieder nach einem weißen Mann und einer jungen, blonden Frau die erst vor ein paar Wochen hierhergekommen seien. Ich weiß nicht warum sie dich suchen oder was du getan hast, aber du darfst keinesfalls in die Hände dieser Banditen fallen!"

Als sei sie von einem Skorpion gestochen worden springt Claudia vom Bett. Sie ist leichenblass. „Da sind sie jetzt also, Pachos Häscher!" Seit ihrer Ankunft in Juanchaco hat sie in ständiger Furcht vor diesem Moment gelebt. Immer wieder hatte sie sich dabei ausgemalt, wie sie von gnadenlosen Mitgliedern seiner Bande entdeckt und triumphierend von ihnen nach Buenaventura zurückgebracht wird. Die Vorstellung Pacho erneut in die Hände zu fallen versetzt sie jedes Mal in panische Angst.

„Du hast sicher recht, wenn ich im Dorf bleibe, werden sie mich früher oder später finden. Doch wohin kann ich flüchten? Wo soll ich mich verstecken? Hier gibt es rings herum nichts als unzugänglichen Urwald. Und wie können wir Pedro rechtzeitig warnen?" Trotz des Sturmes hören die beiden Frauen draußen eine ihnen unbekannte Männerstimme. Sie ist nicht mehr weit weg. „Juan, lass uns da drüben weiter nachsehen." Claudia bleibt fast das Herz stehen. Da sind sie schon! Im Dunklen packt sie schnell ein paar Sachen zusammen. Dabei stolpert sie über eine Kiste und stößt sie um. Entsetzt erstarrt sie und lauscht nach draußen. Ob man den Lärm gehört hat? Kommt da nicht schon jemand auf die Hütte zugelaufen? Doch es ist nur der Wind, der wild an den Büschen zerrt. Noch ist niemand zu sehen und kein Ruf mehr zu hören. Schnell kleidet sie sich an. „Und nun?" Ratlos schaut sie zu Carmen „Ich werde dich zu einem Pfad in den Urwald hier in der Nähe bringen. Ich habe zwar keine Ahnung, wohin er führt, doch ich bin ihm vor längerer Zeit einmal ein Stück gefolgt. Nach ein paar Kilometern fanden wir damals eine einsame Hütte an einem Fluss. Dort lebte Horatio, ein Goldwäscher mit seiner Familie. Ein etwas seltsamer, weltabgewandter Mann, besessen von der Überzeugung, dort eine große Goldader zu finden. Seine Frau stammt aus dem Gebiet der *Emberá*, einer „*Comunidad indigena*"[11], die etwas weiter nördlich leben soll. Er kam nur selten nach Juanchaco, um ein paar armselige Nuggets gegen Sachen einzutauschen, die er zum Überleben benötigte. Ich habe ihn aber schon lange nicht mehr gesehen und nichts mehr von ihm gehört. Vielleicht ist er längst woandershin gezogen. Doch auch wenn die Hütte verlassen ist, kannst du dich dort verstecken und musst nicht einmal jemand fragen.

Von dort soll der Pfad weiter zu einer tief im Urwald liegenden Missionsstation führen. Sie kümmert sich wohl um zahllose *Indígenas* die an den Ufern eines Großen Flusses und seinen Nebenflüssen leben. Ich weiß nicht, ob das stimmt, und kenne hier niemand der dort schon einmal war. Es heißt, dass in der Mission ein Padre und zwei einheimischen Ordensschwestern leben, die neben der Mission einen *Puesto de salud*[12] für die *Indígenas* und *Colonos*[13] in der Gegend betreiben sollen. Wenn es sie wirklich gibt, wird man dir bestimmt helfen. Leider sind auch die Angaben über die Entfernung dorthin sehr

---

[11] Ethnische Gemeinschaft, Stamm
[12] Krankenstation
[13] Meist titellose Siedler in unerschlossenen Gebeten

widersprüchlich. Manche reden von ein paar Stunden Fuß-
marsch, andere aber sogar von Tagen, um sie zu erreichen."

Vorsichtig öffnet Carmen die Tür und späht hinaus. Nirgends
rührt sich etwas. Sie winkt Claudia und lautlos machen sich die
beiden auf den Weg. Sie sind gerade drei- oder vierhundert
Meter gelaufen, da hören sie wieder die Stimme des Mannes
von vorhin brüllen. „Ist da jemand? Aufmachen!" Erschrocken
drehen sich die beiden Frauen um und blicken zurück. Die offenbar besonders skrupellosen Banditen haben jetzt Carmens
Hütte erreicht. Einer von ihnen tritt die Tür ein. Der Krach des
berstenden Holzes ist weithin zu hören. Doch niemand von
den Nachbarn zeigt sich oder wagt es gar, sich ihnen entgegen zustellen, um sie aufzuhalten. „Da haben wir noch einmal
riesiges Glück gehabt," stammelt Carmen keuchend. „Ein paar
Minuten später und wir wären ihnen direkt in die Arme gelaufen." Schweigend hastet sie weiter. Am Rand es Urwaldes
angekommen findet sie schnell den beschriebenen Pfad. Pu-
res Grauen steht ihr ins Gesicht geschrieben, als sie ihm mit
ihren Blicken folgt bis er von der nächtlichen Wildnis ver-
schlungen wird. Bei dem Gedanken, sie müsste jetzt alleine
dort hineinlaufen, stehen ihr alle Haare zu Berge. „Willst du
wirklich ...?" „Mir bleibt nichts anderes übrig. Schrecklicher als
das, was mich erwarten würde, wenn mich die Männer erwi-
schen, kann das hier nicht sein". „Die Kerle werden sicher nicht
lange hierbleiben. Sobald sie verschwunden sind, werden wir
dich sofort ins Dorf zurückholen." Carmen versucht Claudia
etwas Mut zu machen, doch es ist ihr mehr als deutlich anzu-
merken, dass sie selber nur schwer daran glauben kann.
„Wenn ihr mich dort findet..." „Du musst nur in der Nähe des
Pfades bleiben, dann werden wir Dich schon auftreiben."
Dankbar schaut Claudia ihre Nachbarin an. „Du hast mir wirklich sehr geholfen. Wenn jetzt noch jemand etwas für mich tun

und mich dort wieder herausholen kann, dann ist es nur Pedro. Du musst alles tun, um ihn rechtzeitig zu warnen. Er darf auf keinen Fall in die Fänge dieser Banditen geraten." „Wenn er zurück kommt werde ich ihn abfangen. Um Pedro mach dir aber keine Sorgen. Der wird sich zu wehren wissen. Also dann viel Glück!" „Werde ich schon haben." Mit einem etwas gezwungenen Lächeln aber wild entschlossen und mutig eilt Claudia davon. Wenige Augenblicke später ist sie im Urwald verschwunden. Carmen starrt ihr noch eine Weile nach. Sie weiß von ihr nur, dass irgendjemand sie und Pedro verfolgen, aber nicht wer und warum. So fragt sie sich, welche Angst sie vor ihren Verfolgern haben muss, um in den nächtlichen Regenwald zu flüchten. Armes Ding! Ob sie von dort jemals lebend wieder zurückkommt?

Das Mondlicht reicht gerade dazu aus, den Weg zu erkennen. Er führt durch dichten undurchdringlichen Busch. Einzelne gewaltige Baumriesen ragen rechts und links daraus in den Himmel. Anders als sie erwartet hat, ist der Weg aber fest, trocken und so breit, dass vielleicht sogar ein Auto hier durchkommen könnte. Nachdem sie eine Weile gelaufen ist, gelangt sie zu einer Lichtung. Zu ihrer Überraschung stehen dort drei oder vier Hütten. Claudia kann sie mehr ahnen als sehen. Als sie näher kommt lösen sich ihre Siluetten aus der Dunkelheit. Halb verfallene Gebäude zeichnen sich vor dem helleren Hintergrund ab. Sie scheinen verlassen zu sein. Ein Geisterort. Nirgends brennt ein Licht und auch kein Geräusch kündet von menschlichem Leben. Irgendwelche Einzelheiten kann sie nicht erkennen. Alles erscheint ihr unheimlich und sie ist fast erleichtert wieder in den Wald eintauchen und den gespenstigen Platz hinter sich lassen zu können. Nun wird der Weg plötzlich immer schmaler und wandelt sich in eine

Trocha[14], wie Carmen ihr beschrieben hat. Das dichte, dunkle Pflanzengewirr auf beiden Seiten lässt nur noch einen schmalen, glitschigen Durchgang übrig und selbst der wird vom Urwald immer wieder überwuchert. Hoch über ihr schließen sich die Kuppeln von den nun zahllosen Baumriesen mehr und mehr zu einem Dach und verbergen häufig den Mond. Nur mühsam kann sie den Weg dann überhaupt noch erkennen. Zweige, die sie zu spät gesehen hat, schlagen ihr schmerzhaft ins Gesicht. Sie muss höllisch aufpassen, nicht über eine der vielen Wurzel zu stolpern.

Je weiter sie sich vom Meer entfernt, desto mehr flaut der Wind ab und schließlich schläft er ganz ein. An die Stelle seines Rauschens sind die vielen Tierstimmen im Busch um sie herum immer lauter geworden. Vögel, Insekten, Frösche summen, zirpen und pfeifen um die Wette. Die feuchte Hitze ist jetzt quälend. Vor ihr knackt es laut. Erschrocken blickt sie in die Richtung des Geräusches und versucht, zu erkennen, woher es stammt. Vergeblich. Sie kann nichts erkennen. Wieder ein heftiges Knacken. Dann hört es sich so an, als würde sich ein Mensch oder Tier durch den Verhau der Pflanzen drängen. Sie bleibt stehen und starrt gebannt auf die dunkle Pflanzenwand vor ihr. Nichts. Sie rafft allen Mut zusammen und geht weiter. Sie hat das Gefühl, wachsame Augenpaare verfolgen sie mit gierigen Blicken. In der Hoffnung, endlich die Hütte des Goldgräbers zu erreichen läuft sie immer schneller. Doch was, wenn der sie nicht in die Hütte lässt oder es die Hütte gar nicht mehr gibt?

---

[14] Von Kautschuksammlern und Goldsuchern benutzte Urwaldpfade

Ein markerschütternder Schrei ganz in der Nähe lässt sie zusammenfahren. Verzweifelt hastet sie weiter. Es fängt an zu regnen. T-Shirt und Jeansrock sind im Nu klatschnass. Ihr Haar hängt triefend auf die Schultern und sie muss es sich ständig aus dem Gesicht wischen, um sehen zu können, wo sie hinläuft. Der Pfad verwandelt sich in ein schlammiges Bachbett. Sie kommt nur noch mühsam voran, stolpert über eine Wurzel, rutscht aus und fällt in den Matsch. Ihr rechter Arm schlägt dabei auf einen Stein. Ein stechender Schmerz lässt sie kurz aufschreien. Am liebsten würde sie hier einfach liegen bleiben. Früher hätte sie das vielleicht auch getan, doch die Erlebnisse und Erfahrungen der vergangenen Monate haben sie abgehärtet. Ihr Kampfgeist ist seitdem enorm gewachsen, ihre Schmerzgrenzen haben sich deutlich verschoben. So reißt sie sich zusammen, steht auf und eilt weiter. Sehnsüchtig hält sie Ausschau nach einem Licht. Sie ist nun schon über zwei Stunden unterwegs. Langsam müsste die Hütte des Goldsuchers auftauchen. Doch unverändert umgibt sie nur die einsame Wildnis. Trotz ihrer wachsenden Müdigkeit kämpft sie sich tapfer weiter voran, stets in panischer Angst, den Weg zu verlieren und sich hoffnungslos im Dschungel zu verirren. Minuten werden für sie zur Ewigkeit. Hinter einer Wegbiegung gibt der Urwald endlich den Blick auf ein breites Flussbett frei. Deutlich hört sie das leise Rauschen und Glucksen von Wasser vor sich. Nach der Beschreibung von Carmen müsste hier irgendwo die Hütte stehen. Sie sieht sich um, kann sie aber nirgends entdecken. Noch immer gibt es weit und breit auch kein Licht. Sollte sie sich womöglich doch verirrt haben, einem falschen Pfad gefolgt sein und an einen ganz anderen Fluss geraten sein? Vielleicht lebt der Goldsucher tatsächlich nicht mehr hier und die Hütte ist zerfallen. Verzweiflung überkommt sie.

Da bellt plötzlich hinter ihr ein Hund. Sie dreht sich um und entdeckt die schemenhaften Umrisse einer Hütte. In der Dunkelheit hat sie nicht gemerkt, dass sie bereits dran vorbeigelaufen ist. Als sie sich vorsichtig nähert, bellt der Hund wie verrückt. Ein Licht geht an. Die schattenhafte Gestalt eines Mannes tritt auf eine kleine Veranda heraus. Das muss Horatio sein, geht ihr durch den Kopf. Er hält ein Gewehr in Anschlag. „Ist da jemand?" Eine Taschenlampe leuchtet auf. Ihr Lichtstrahl huscht über Büsche und Bäume. Sorgfältig sucht er die Umgebung ab. Zweifellos würde er bei dem geringsten Verdacht, eine Gefahr vor sich zu haben, ohne lange zu zögern von seinem Gewehr Gebrauch machen. Trotz ihrer Furcht, er könne womöglich auf sie schießen, ringt sie sich dazu durch, ihn anzurufen. „Hallo! Hallo! Bitte nicht schießen! Ich bin hier, Claudia, eine Frau aus Juanchaco." Ihre Stimme klingt unsicher, verschüchtert. Der Lichtstrahl wandert sofort suchend in ihre Richtung. Ungläubig bemüht sich der Mann, sie zu erkennen, das Gewehr immer noch im Anschlag. „Was willst du denn hier? Und um diese Zeit?" „Ich brauche Ihre Hilfe! Darf ich näherkommen?" Keine Antwort. Offenbar denkt er nach. „Ich flehe sie an, bitte helfen sie mir!" Schweigen. Endlich trifft er eine Entscheidung. „Komm her, aber langsam. Wenn ich es sage, bleibst du sofort stehen. Verstanden?" „Ja." Zögernd, die Hände erhoben, wie sie es aus Spielfilmen kennt, tritt sie aus dem Dunkeln. Vorsichtig geht sie auf die Hütte zu. „Du willst mir doch nicht erzählen, wirklich alleine zu sein. Sag deinem Begleiter, er soll auch herauskommen, sonst bekommt er eine Ladung Blei und du gleich eine mit. Oder sind da noch mehr? Für sie habe ich auch noch genug Patronen." Äußerst misstrauisch hält er das Gewehr weiter auf Claudia gerichtet. „Sie können mir glauben, ich bin wirklich alleine. Sie sind Horatio nicht wahr?" Er ist überrascht. „Woher kennst du meinen Namen?" Im Dorf sind sie doch nicht unbekannt. Ich hoffte daher auf ihre Hilfe." Er scheint ihr nun endlich zu glauben und lässt das Gewehr sinken.

Der Hund hat aufgehört, zu bellen. Aufgeregt läuft er zu ihr und beschnüffelt sie. Schweigend und noch immer überrascht mustert Horatio die Frau im Licht der Veranda. Müde Augen aus einem faltigen, sonnengegerbten Gesicht wandern langsam über ihre bloßen, matschverschmierten Arme, Beine, die völlig verdreckte Kleidung bis zu ihrem triefenden Haar. Er schweigt eine Weile und streicht nachdenklich über seinen gewaltigen grauen Vollbart. „Was zum Teufel verschlägt eine Frau um diese Zeit in den *Monte*?[15] Warum sollte ich dir helfen? Offensichtlich sieht er jetzt keine Gefahr mehr in ihr. Jedenfalls stellt er das Gewehr ab und ruft seine Frau. Eine *Indigena* betritt zögernd die Veranda. Sie ist wesentlich jünger als er. Neugierig betrachtet auch sie die fremde Frau, die hier mitten in der Nacht aufgetaucht ist. Während Horatio noch darüber nachdenkt, wie er mit Claudia weiter umgehen soll, hat seine Frau sie schon voller Mitleid in die Hütte gezogen. Sie spricht kaum Spanisch. Freundlich lächelnd holt sie ein Tuch und zeigt in eine dunkle Ecke der armseligen Hütte, wo Claudia die nassen Kleider abstreifen und sich abtrocknen kann. Ein Bad gibt es hier nicht. Dazu dient wohl der Fluss. Verschlafen verfolgen zwei junge Mädchen aus ihren Hängematten heraus, was geschieht. Als Claudia in das Tuch gewickelt wieder in das Licht der Öllampe tritt, die das Innere der Hütte spärlich beleuchtet, weist die Frau auf einen Stuhl. „Du sitzen." Sie bringt ihr ein Glas Wasser. „Hier Blut." Erst jetzt bemerkt Claudia, dass sie sich den Arm aufgeschlagen hat und aus einer Wunde blutet. Sie bekommt einen Lappen, um sich

---

[15] Eigentlich spanisches Wort für Berg. In Kolumbien auch für Wildnis gebraucht.

das Blut abzuwischen. Horatio holt eine Flasche *Aguardiente*
und füllt ein Glas. Mit zitternder Hand gießt er etwas davon
über ihre Wunde. Den Rest trinkt er selbst aus und kommt
wieder auf seine Fragen zurück. Verrate mir endlich, was eine
Frau wie dich um diese Zeit in den Urwald treibt. Selbst ich
würde nie auf die Idee kommen einen solchen Nachtmarsch
zu unternehmen, auch wenn ich den Weg gut kenne."

Claudia beschließt, die Wahrheit zu erzählen. Sie verspricht
sich davon sein Mitleid zu wecken und Horatio damit am
ehesten zu bewegen, sie bei sich zu verstecken. „Ich werde
von Gangstern verfolgt. Sie hatten mich entführt, doch ich bin
ihnen entkommen. Nun sind sie hinter mir her, um mich in ein
Bordell zu bringen." „Was sind das denn für Leute? Wo kommen die her?" Horatio scheint ihre Geschichte noch nicht zu
glauben. „Es sind Leute aus Buenaventura. Sie sind heute mit
einem Boot in Juanchaco angekommen und durchkämmen
dort die Häuser. Hierher werden sie aber bestimmt nicht kommen." „Wer weiß? Wer weiß!" Horatio bleibt misstrauisch und
denkt wieder schweigend nach. „Warum sollen sie nicht genauso wie du auch hierherfinden?" Seine Frau hat zwar nicht
alles verstanden, aber begriffen, dass es darum geht, ob Claudia bleiben kann oder nicht. Erregt, teils in Spanisch, teils in
ihrer eigenen Sprache, versucht sie ihrem Mann klarzuma-
chen, dass er Claudia jetzt nicht einfach wieder in den Wald
zurückschicken kann. Es kommt zu einer heftigen Auseinan-
dersetzung zwischen den beiden. Immer wieder versucht
Horatio seiner Frau zu erklären, wie gefährlich es für die eigene Familie ist, wenn sie die fremde Frau bei sich verstecken.
Doch seine Frau beharrt auf ihrer Meinung und so stimmt er
schließlich zu, Claudia wenigstens nicht gleich wieder in die
Nacht hinauszuschicken. „Also gut, Du kannst heute hier
schlafen, doch morgen früh musst du uns verlassen, sobald es

hell wird. Ich will nichts mit irgendwelchen Gangstern zu tun bekommen und schon gar nicht ihre Rache fürchten müssen. Vielleicht läufst du weiter bis zur Missionsstation. Der Padre der Mission ist zwar vor Kurzem gestorben und eine der beiden Ordensschwestern in ihre Heimat zurückgekehrt, doch die andere sollte noch dort sein. Vielleicht kann sie dir helfen." Claudia stöhnt. „Wie lange läuft man bis dorthin?" „Keine Ahnung. Ich war noch nie da. Doch wie weit auch immer, hier wollen wir mit Fremden jedenfalls nichts zu tun haben. Überhaupt will ich von dem, was außerhalb unserer Umgebung geschieht, nichts wissen. Was meinst du, warum ich hier draußen mit meiner Familie alleine lebe. Die Welt ist schlecht, beherrscht von Gewalt und Betrug. Ich meide daher möglichst jeden Kontakt." Claudia fragt sich, ob seine Frau und Töchter das genauso sehen, doch die haben vermutlich bei solchen Entscheidungen nicht mitzureden, sondern nur seinen Anweisungen und Befehlen zu gehorchen.

Mürrisch zeigt er ihr eine Hängematte draußen unter einem Dach, das die Hütte mit einem Lagerraum oder einer Werkstatt verbindet. „Was Besseres haben wir nicht". Ohne ein weiteres Wort zu verlieren, ist Horatio wieder in der Hütte verschwunden und verschließt die Tür. Die schäbige Hängematte starrt vor Schmutz und ist an einigen Stellen eingerissen. Doch Claudia achtet nicht mehr darauf. Hauptsache sie hat endlich einen Schlafplatz. Todmüde und erschöpft klettert sie hinein. Mücken umkreisen sie beharrlich. Noch immer hat sie nur das Tuch um ihren sonst nackten Körper gewickelt. Sie versucht, sich damit wenigstens so weit zu bedecken, dass sie ihnen möglichst wenige Angriffsflächen bietet. Regen trommelt gnadenlos auf das mit Palmenblättern gedeckte Dach über ihr. Immer wieder findet das Wasser undichte Stellen und tropft von dort auf sie herab. So dauert es nicht lange, bis das

Tuch an allen Ecken und Enden nass ist. Am liebsten würde sie es wegwerfen, doch nicht nur wegen der Mücken wagt sie es nicht.

Es wird gerade hell, als Horatio kommt, um ihr ihre Sachen zu bringen. Sie erwacht und merkt, dass sie im Schlaf das feuchte Tuch doch abgestreift hat und es auf den Boden neben ihrer Hängematte gefallen ist. So bleibt ihr jetzt keine Zeit mehr ihre Blöße vor ihm zu bedecken. Sie stellt sich schlafend. Horatio hebt das Tuch auf. Erst als er sie wecken und es ihr geben will merkt er, dass sie nackt ist. Ohne sich zu rühren, starrt er sie unverwandt an. Claudia lässt es geschehen. Auch wenn sie die Augen geschlossen hält, spürt sie seine wachsende Anspannung, den immer schneller schlagenden Puls und hört ihn schwerer atmen. Sie hat das Gefühl, er ringt fieberhaft mit sich, ob er sie nicht doch hier verstecken sollte. Gerade hat sie begonnen darüber nachzudenken, welchen Preis er wohl von ihr dafür fordern wird und wozu sie bereit wäre es zu tun, da reißt er sich von ihrem Anblick los. „Aufwachen! Du musst verschwinden bevor hier jemand auftaucht und dich sieht. In ein paar Minuten bist du weg. Verstanden?" Sie nickt stumm. „Viel Glück!" Er dreht sich um und geht in die Hütte zurück.

Etwas abseits der Hütte sucht sich Claudia einen geschützten Platz am Fluss, um zu baden und sich die Haare zu waschen. Nach einem Frühstück mit ein paar Sachen, die ihr Horatios Frau zusammen mit ihrer Kleidung noch schnell zugesteckt hat, bricht sie wieder auf. Fest entschlossen, sich vor ihren Verfolgern endgültig in Sicherheit zu bringen, folgt sie dem Pfad immer tiefer in den Regenwald hinein. Stunde um Stunde vergehen. Niemand kommt ihr entgegen und weit und breit gibt es nichts mehr, was auf die Anwesenheit von Menschen deutet. Tröstend sagt sie sich, dass das Risiko von ihren Häschern gefunden zu werden mit jedem Schritt den sie sich von der Küste entfernt immer geringer wird.

Von der versprochenen Mission ist noch immer nichts zu sehen. Sollten diejenigen recht gehabt haben, die von tagelangen Märschen dorthin gesprochen haben? Oder ist sie wieder vorbeigelaufen? Unmöglich. Nicht am helllichten Tag. Je mehr sie grübelt, desto mehr wächst in ihr der Verdacht, dass es die Mission und Krankenstation längst nicht mehr gibt. Es ist durchaus naheliegend, dass auch die verbleibende Ordensschwester, überfordert davon, sich um alles alleine kümmern zu müssen, aufgegeben und den Ort ebenfalls verlassen hat. Der Gedanke an diese Möglichkeit lässt Claudia nicht mehr los. In ihrer Fantasie malt sie sich aus, wie sie nur noch auf die leerstehenden, vom Dschungel bereits überwucherten Gebäude oder Ruinen der ehemaligen Mission stößt. Furcht und Verzweiflung wachsen in ihr. Wo soll sie dann bleiben? Wie sich ernähren? Sofern es überhaupt Menschen in dieser Gegend gibt, sind es *Indígenas*. Sie hat keine Ahnung, wie die sich verhalten, wenn sie einer einsamen, im Wald verloren gegangenen Frau begegnen. Kann sie es wagen, ein Dorf von ihnen zu betreten? Würde man ihr dort helfen? Auch von *Colonos* oder Goldsuchern kann sie kaum Hilfe erwarten. Im Gegenteil. Im Zweifel wird sie es mit einer Schar rauer Männer zu tun haben, die sie in ihr Lager bringen, um sie dort zu missbrauchen und zu Hilfsarbeiten zu zwingen. Die Einzelgänger unter ihnen müssen selbst zu hart um ihr Überleben kämpfen, um sich selbstlos einer in der Gegend verirrten Frau anzunehmen, wie sie es mit Horatio erlebt hat.

Erschöpft setzt sie sich auf einen Baumstamm, der aus dem dichten, grünen Verhau von Pflanzen herausragt und quer über dem Weg liegt. Plötzlich hört sie Kinderstimmen. Ob sie sich das nun schon einbildet? Aufgeregt lauscht sie. Da sind sie wieder deutlich zu hören. Keine Frage irgendwo in der Nähe spielen Kinder. Eine Siedlung der *Indígenas*? Sie springt auf. Mit klopfendem Herzen läuft sie weiter. Dabei hält sie vorsichtig Ausschau, ob sich jemand nähert, stets bereit sich sofort zu verbergen, um selbst nicht gesehen zu werden. Noch wenige Hundert Meter, da öffnet sich der Wald zu einem lichten Buschland. Zwischen schlanken Palmen und blühenden Büschen stehen mehrere Gebäude und eine kleine Kirche. Zweifellos ist das die Mission. Sie hat es geschafft!

Vor einem der Holzhäuser spielt eine ausgelassene Kinderschar. Die meisten von ihnen sind *Indigenas*. Erstaunlicherweise sind aber auch ein paar dunkelfarbige Kinder darunter. Sicherlich gehören sie zu den Familien von hier meist schwarzen *Colonos*, die sich in der Nähe niedergelassen haben. Vielleicht gehören ihre Eltern aber auch zu den Goldwäschern, die mittellos an den umliegenden Flüssen nur mit der *Batea*, einer flachen Holzschüssel zum Auswaschen des Sandes, nach dem begehrten Metall suchen. Da die beiden ethnischen Gruppen in der Regel wenig miteinander zu tun haben wollen, ist das sehr selten. Eine kleine Gruppe von *Indígena*-Frauen steht zusammen, schwätzt und sieht den Kindern zu. Sie tragen die traditionellen engen, meist blauen oder roten Röcke. Offenbar mit Rücksicht auf die Mission haben sie die sonst nackten Brüste notdürftig mit einem Tuch bedeckt. Ihr langes, schwarzes Haar reicht oft bis zur Hüfte. Sie sind barfuß. Eine Frau in der weißen Kleidung einer Ordensschwester mit einem Baby im Arm tritt hinzu. Auch sie ist, soweit Claudia das aus der Entfernung erkennen kann, eine *Indígena*. Das muss die letzte noch gebliebene Missionarin sein. Als sie Claudia bemerkt, starrt sie sie an, als hätte sie es mit einem Gespenst zu tun. „Wer bist du?" Ihr großes Erstaunen zeigt, dass hier nur ganz selten Fremde aufkreuzen. „Wo kommst du her? Ich habe gar kein Boot gehört," „Ich heiße Claudia und bin nicht mit einem Boot gekommen, sondern aus Juanchaco durch den Wald." Die Frau meint sie falsch verstanden zu haben. „Du bist was... aus Juanchaco... alleine den weiten Weg durch den Urwald ..." Fassungslos betrachtet sie Claudia und benötigt einen Moment, um das Gehörte zu verkraften. „Unfassbar! Ich bin übrigens Francisca und leite hier die Mission seit unser Padre, Gott habe ihn selig, leider verstorben ist. Und was hat dich zu so einem gewagten Abenteuer gebracht?" Trotz der negativen Erfahrung mit Horatio beschließt Claudia auch ihr die Wahrheit zu sagen. Eine erfundene Geschichte von einer verirrten Touristin oder einer arbeitsuchenden Frau würde sie ihr ohnehin nicht abnehmen. Die einzig überzeugende Erklärung für die Menschen hier draußen wäre, einem Mann oder Freund gefolgt zu sein. Doch dann müsste sie eine glaubhafte Geschichte erfinden, warum er nicht bei ihr ist. So erzählt sie Francisca den wahren Grund ihres Hierseins und fügt vorsichtshalber noch eine beruhigende Bemerkung hinzu. „Ich kann mir beim besten Willen nicht vorstellen, dass die Gauner bei der Suche nach mir hierher finden könnten. Dazu ist der Ort zu unbekannt und viel zu mühsam zu erreichen. Ich wäre dir daher sehr, sehr dankbar, wenn ich ein paar Tage hierbleiben dürfte, bis ich nach Juanchaco wieder zurückkehren kann."

Eigentlich hat Claudia erwartet, dass Francisca sofort problemlos zustimmt. Stattdessen starrt die Missionarin verwirrt ins Leere. „Sehr seltsam." Ihr Murmeln ist kaum hörbar und die Bemerkung wohl eher an sie selbst gerichtet. „Was ist denn daran seltsam?" „Ach nichts. Vergiss es." Schweigend richtet sie ihren Blick auf Claudia. Offenbar denkt sie angestrengt nach. „Glaubst du mir etwa nicht? In den großen Städten gibt es überall zahllose Kriminelle, die es auf junge Frauen abgesehen haben." „Ich weiß, ich weiß. Aber auch hierher kommen leider immer mehr schlechte Menschen und bringen Gewalt und Unrecht in unsere Gegend." Aus irgendeinem geheimnisvollen Grund zögert sie, ihre Einwilligung zu geben. Zerknirscht beginnt Claudia daran zu zweifeln, Francisca noch umstimmen zu können. „Gibt es denn hier irgendwo ein Dorf, wo ich sonst Unterkunft finden kann?" „Nein. Hier gibt es nur Siedlungen der *Indígenas*. Sie würden dich sicher nicht aufnehmen. Und selbst wenn, wäre das für eine alleine reisende Frau viel zu gefährlich." Zu Claudias ungeheuren Erleichterung ringt Francisca sich schließlich doch dazu durch, sie ein paar Tage hier wohnen zu lassen. „Dies ist ein Ort Gottes und wir dürfen Menschen in Not unsere Hilfe nicht versagen." Das klingt fast so, als müsse sie ihre Entscheidung noch einmal rechtfertigen.

Claudia bekommt einen kleinen Raum in einem etwas abseits der Kirche liegendem Gebäude zugewiesen. Er ist spartanisch eingerichtet doch nach allem, was sie durchgemacht hat, kommt er ihr paradiesisch vor. Endlich hat sie wieder ein Dach über dem Kopf, ein Bett und muss auch auf Bad und Toilette nicht mehr verzichten. Auf dem Weg dorthin trifft sie zu ihrer Überraschung einen Mann, der gerade sein Zimmer verlassen will. Als er sie bemerkt, zieht er schnell seine Tür wieder zu. Doch Claudia konnte noch sehen, dass eine blonde Frau bei ihm ist. Beide sind keine *Indígenas*. Hoch erstaunt fragt sie sich, was ein Paar hier in der Mission tut. Touristen scheinen sie nicht zu sein. Seltsamerweise bleiben sie den ganzen Tag in ihrem Zimmer und lassen sich nirgends sehen. Sie verhalten sich ganz so, als würden auch sie sich verstecken müssen. Sehr seltsam. Überhaupt spürt Claudia, dass die Mission von einer unheimlichen und besorgniserregenden Spannung beherrscht wird. Irgendetwas stimmt hier nicht.

Froh den Männern von Pacho entkommen zu sein, verdrängt sie diese Gedanken. Stattdessen beobachtet sie das Leben um sich herum und hilft in der Küche oder Krankenstation. Francisca stammt aus einem Dorf in der Nähe und hat eine Ausbildung als Krankenschwester bekommen. Zwei weitere einheimische Frauen aus der Umgebung unterstützen sie tatkräftig bei der Arbeit. In der ganzen Gegend wird sie hoch geachtet, auch wenn sie oft nicht viel tun kann. Es fehlt ständig an Medikamenten und Ausrüstung. Außerdem steht sie unter dem starken Druck lokaler Curanderos, Medizinmänner, die zunächst auf ihre Zuständigkeit pochen, bevor sie zulassen, dass ihren Schützlingen Medikamente gegeben oder Operationen an ihnen durchgeführt werden. Neidlos gesteht Francisca jedoch ein, dass mancher erfahrene Medizinmann mit seiner Behandlung erstaunliche Erfolge erzielt. Mit den hygienischen Bedingungen, unter denen sie arbeiten, fördern sie allerdings ihrerseits nicht selten neue Krankheiten. Claudia lernt ständig Neues und die Arbeit macht ihr Spaß. Nach den Schrecken der Flucht verwandelt sich ihr Versteck fast in ein Urwald-Idyll.

Doch schon zwei Tage später muss sie entsetzt erkennen, dass sie sich zu früh in Sicherheit gewogen hat. Kurz nach Sonnenuntergang kommen zwei Jungen aus der Mission atemlos zu Francisca angerannt. Aufgeregt berichten sie ihr, dass sie in der Nähe des Weges nach Juanchaco drei Männer beobachtet haben. Kurz vor der Mission hätten sie eine Pause eingelegt und beraten, wie sie sich ihr nähern sollen. Die Jungen sind sich ganz sicher, dass die Männer bewaffnet sind. „Haben sie euch gesehen?" „Zum Glück nicht". Ratlos und voller Furcht haften die Blicke von Francisca und den Jungen an Claudia. „Was sollen wir tun?" Claudia überlegt angestrengt. Irgendjemand muss den Banditen verraten haben, wohin sie geflüchtet ist. Hoffentlich ist Carmen nicht in Verdacht geraten Claudias Komplizin zu sein und von ihnen brutal dazu gezwungen worden, das Fluchtziel preiszugeben. Um erneut zu flüchten, ist es zu spät. Außerdem wüsste sie nicht wohin. Schnell würde sie sich in dem endlosen Regenwald hoffnungslos verirren und früher oder später verhungern, Krankheiten erliegen oder tödlichen Tierbissen zum Opfer fallen.

Da kommt ihr eine Idee. „Hast du noch eine Ordenstracht für mich? Vielleicht erkennen Sie mich nicht, wenn ich sie trage." Francisca nickt. Eilig holt sie ihr ein Ordenskleid, von dem sie glaubt, dass es ihr einigermaßen passt. „Darf ich...?" Claudia zögert einen Moment. „Mach schon, zieh das Kleid schnell an." Als die letzten Haare unter dem Kopfschleier verschwunden sind, ist sie tatsächlich kaum noch wiederzuerkennen. Nun bleibt ihnen nur abzuwarten, was geschieht.

Zunächst geschieht jedoch gar nichts. Die drei Männer lassen sich nirgends blicken. Offenbar nehmen Sie sich Zeit für ihr weiteres Vorgehen. Vermutlich beobachten aus irgendeinem Versteck heraus erst einmal ihr Ziel und wer sich dort bewegt. Äußerst angespannt warten die beiden Frauen darauf, zu erfahren, was die Kerle vorhaben. Claudia fragt sich, warum die Männer so vorsichtig sind. Wer soll ihnen hier gefährlich werden können? Endlich hat einer von ihnen ihr Versteck verlassen und kommt auf die Gebäude zu. Claudia stockt der Atem. Was ist das für ein Mann? Wie will er sie erkennen? Besitzt er ein Foto von ihr oder hat er sie womöglich aus dem Bordell in Erinnerung? Sie kann nicht sagen, ob sie ihn schon einmal gesehen hat. Erkennt er sie, ist es um sie geschehen. Der Kerl und seine Kumpane werden sie zwingen, ihnen zurück nach Buenaventura zu folgen. Dort erwartet sie eine drastische Strafe und falls sie überlebt, wird sie erneut im

Bordell landen. Wäre Pedro hier, könnte er ihr vielleicht helfen dieses Schicksal noch abzuwenden. Alleine wird sie gegen die drei Männer jedoch nicht viel ausrichten können. Ist sie aber erst wieder in Buenaventura, ist auch Pedro machtlos, zumal Pacho ihn sicherlich noch mehr als sie verfolgen wird, um sich an ihm zu rächen. Was wird mit ihm geschehen sein? Ob die drei Männer ihn womöglich überrascht und umgelegt haben?

Der Mann betritt den Raum und grüßt die beiden vermeintlichen Nonnen freundlich. „Hallo. Ich bin Artur und mit zwei Kameraden auf dem Weg zu einer Stelle hier in der Gegend, wo wir Gold vermuten. Die beiden kommen gleich nach. Neugierig sieht er sich um. „Seid ihr hier alleine?" Ganz offensichtlich hat er den Auftrag, erst einmal die Lage zu prüfen. Francisca nickt stumm, fügt dann aber noch hinzu: „Außer zwei Helferinnen und den Kindern natürlich." Sichtbar zufrieden blickt er zur Küche. „Habt ihr etwas zu essen für uns? Können wir in der Mission auch übernachten?" Francisca bleibt keine Wahl. Sie muss das Spiel mitspielen. Auch sie antwortet deshalb sehr freundlich: „Sicher könnt ihr etwas zu essen bekommen. Wir haben zwar nicht viel Platz, aber notfalls könnt ihr hier auch übernachten." „Sehr gut!" Claudia hält sich im Schatten, damit er ihr Gesicht so wenig wie möglich sieht. Sie ist froh, dass sie nicht reden muss und an ihrer Stimme erkannt werden könnte. Noch immer kann sie sich nicht daran erinnern, ob sie dem Mann schon einmal begegnet ist. Er beachtet sie fast überhaupt nicht.

„Gibt es denn hier noch andere Gäste?" Auch wenn er bemüht ist, sich so zu verhalten, dass man ihm seine Geschichte von den Goldgräbern abnimmt und niemand auf die Idee kommt, er suche hier nach irgendwelchen Personen, fragt er scheinbar beiläufig noch einmal nach. „Nein hier sind keine Fremden. Wer sollte auch hierherkommen? Und wozu?" Erstaunt fragt sich Claudia warum sie das Paar nicht erwähnt, das sie in ihrem Gebäude gesehen hat. Vielleicht ist es nicht mehr da.

Nach einer Weile kommen auch die beiden Kameraden dazu. Von Ihren Waffen ist nichts zu sehen. Nur einer von ihnen trägt eine Machete am Gürtel. Alle drei sind nicht mehr ganz junge, aber gut durchtrainierte Männer. Braun gebrannt und stark tätowiert stecken sie in schäbiger, verschlissener Kleidung. Zu Claudias großen Erleichterung würdigen auch die beiden anderen sie kaum eines Blickes. Offenbar kommt ihnen zu keinem Moment in den Sinn, dass sich ihr Opfer hinter der Maske einer Ordens- und Krankenschwester verbergen könnte. Oder sind sie womöglich gar nicht hinter ihr her? Langsam gewinnt Claudia den Eindruck, als suchen sie gar nicht nach ihr, sondern interessieren sich für irgendjemand anderen.

Hoffnungsvoll sieht sie ihnen nach, als sie in dem ihnen zugewiesenen Raum im Hauptgebäude verschwinden. Sie erscheinen erst wieder, als Francisca sie zum Essen ruft. Von dem Paar aus Claudias Gebäude ist auch jetzt nichts zu sehen. Die beiden müssen tatsächlich weitergereist sein. Während des Essens unterhalten sich die Kerle untereinander und beachten die beiden Frauen nicht. So kommt Claudia noch immer nicht in die Verlegenheit etwas sagen zu müssen. Mit Sorge beobachtet sie aber, dass die drei einen *Aguardiente* nach dem anderen in sich hineinschütten. Ihr Reisevorrat davon scheint unerschöpflich zu sein. Schon bald wanken sie trunken und grölend durch die Mission. Das dies ein Ort Gottes ist, ist ihnen dabei völlig gleichgültig. Respektlos öffnen sie Türen, betreten die Räume und lassen sich taumelnd in eine Sitzgruppe fallen. Dabei verschüttet einer von ihnen sein Glas über ein Sofa. Claudia fragt sich wie lange Francisca und sie noch verschont bleiben. Doch die Männer scheinen sich für sie in keiner Weise zu interessieren. Zum Entsetzen der beiden Frauen ziehen sie allerdings ihre bislang versteckten Revolver heraus. Lachend fuchteln sie damit in der Luft herum und beginnen um die Wette auf die leeren Flaschen zu schießen. Natürlich treffen sie ihr Ziel nicht mehr, sondern die Kugeln schlagen irgendwo in der Umgebung ein. Claudia atmet auf, als sie endlich damit aufhören und die Waffen achtlos auf einem nicht weit von ihr entfernten Tisch liegen lassen. Zwei von ihnen verrichten ihre Notdurft an der Kirchenwand. Auch der Dritte dreht ihr den Rücken zu und versucht mühsam, eine neue Flasche zu öffnen. Einer plötzlichen Eingebung folgend nähert sie sich den Waffen und gibt Francisca einen Wink die Männer abzulenken. Francisca ahnt, was sie vorhat. Als die beiden fertig sind und sich umdrehen, schreit sie laut auf und tut so, als sei sie gestolpert und habe sich ein Bein verrenkt. Während die Männer neugierig nachsehen, was mit ihr geschehen ist, entnimmt Claudia blitzschnell zwei Revolvern die Magazine. Nach einem kurzen um Verzeihung bittenden Blick zum Himmel verschwinden sie gemeinsam mit dem dritten Revolver in der Ordenstracht. Sie hätte sich nicht beeilen zu brauchen. Keiner von ihnen achtet auf seine Waffe. So hat sie Zeit genug, um in Ruhe die Magazine zu leeren und wieder in die beiden Revolver auf dem Tisch zu schieben. Erst als die drei Männer beschließen, zu Bett zu gehen, merken sie, dass ein Revolver fehlt. „Das blöde Ding muss doch hier irgendwo herumliegen!" Fluchend und torkelnd sucht der Besitzer seine Waffe. „Pass gefälligst besser auf deine Waffe auf. Bei Tageslicht wirst du sie morgen früh sicher finden," lallt ihn einer seiner Kumpane an. „Vermutlich hast du recht." So bricht auch er die Suche ab und alle drei verschwinden im Haus.

Die beiden Frauen atmen auf. Ihnen ist die Anspannung deutlich anzusehen. Claudia ist immer sicherer, dass sie sich tatsächlich nicht für sie interessieren. „Kannst du dir vorstellen, was die Kerle hier eigentlich wollen?" „Dich suchen sie jedenfalls nicht." Auch Francisca ist davon überzeugt. „Wen oder was aber dann? Wer war eigentlich das Paar in meinem Gebäude?" Erschrocken blickt Francisca sie an. „Du hast sie gesehen?" „Ja, warum sollte ich nicht?" Nach kurzem Schweigen ringt sich Francisca dazu durch zu reden. „Sie werden ebenfalls verfolgt und haben sich hier versteckt. Das ist der Grund für mein Zögern gewesen, dich auch noch aufzunehmen. Du wirst meine Überraschung verstehen, wenn gleich drei Menschen auf der Flucht hier auftauchen und sich verstecken wollen. Das damit verbundene Risiko für die Mission, Ziel von Vergeltungsmaßnahmen zu werden ist groß." „Es war wirklich sehr mutig von dir mich trotzdem aufzunehmen und ich bin dir jetzt noch dankbarer dafür." „Unsinn, ich habe nur meine Pflicht getan."

‚Sie suchen einen Mann mit einer jungen, blonden Frau...', hatte Carmen von den Nachbarn gehört und natürlich auf Pedro und sie bezogen. Claudia atmet schwer durch. „Dann verfolgen die Halunken wahrscheinlich dieses Paar und nicht mich!" Sie muss das erst einmal verkraften. „Meine Flucht mit allen ihren Strapazen und Risiken war also völlig überflüssig." Francisca sieht sie fast lächelnd an. „Vermutlich hast du recht, aber sei doch froh darüber. So ist es nun manchmal im Leben, man fürchtet sich schrecklich vor etwas, steigert sich immer mehr hinein und begeht manche Torheit, um irgendwann feststellen zu müssen, dass alles nur ein harmloses Hirngespinst war." „Doch was mag das Paar getan haben, dass man sie so verbissen verfolgt?" „Sie sind Entwicklungshelfer und haben sich mit der Drogenmafia angelegt, indem sie die

Indígenas der Region immer wieder davon abbrachten, für die *Capos* Kokapflanzen anzubauen. Trotz aller Warnungen haben die beiden stur und erfolgreich weitergemacht. So schickten die Drogenbarone zwei Bandenmitglieder mit dem Auftrag, die Entwicklungshelfer mit Gewalt aus der Gegend zu vertreiben. Doch noch bevor die beiden Männer etwas tun konnten haben die *Indígenas* sie umgebracht. Die Drogenfürsten haben das selbstverständlich als Kriegserklärung betrachtet und die *Indigenas* ihre Rache bitter spüren lassen. Einige von ihnen verloren dabei sogar ihr Leben.." Jetzt versteht Claudia, warum sich die Männer so stark abgesichert haben. Natürlich wollen sie nicht das gleiche Schicksal erleben, wie ihre Vorgänger. „Die Hauptschuldigen an diesem Konflikt sind für die Drogenhändler selbstverständlich die Entwicklungshelfer und werden deshalb besonders gnadenlos verfolgt, zumal sie trotzdem immer wieder in die Region zurückkehren." „Das nenne ich Mut!" Bevor sie einschläft, fragt sich Claudia voller Bewunderung immer wieder, ob sie auch fähig wäre, solchen Mut für ihre Ideale aufzubringen. Aber welche Ideale könnten das sein. Ihr fällt nur ihre eigene Freiheit ein. Dafür ist zweifellos auch ihr kein Opfer zu groß.

Am nächsten Morgen sind Francisca und Claudia gerade dabei, dass Frühstück vorzubereiten, als die beiden Jungen wieder atemlos erscheinen und aufgeregt davon berichten, dass sie noch einen Mann entdeckt haben, der die Mission aus einem Versteck heraus beobachtet. „Er sucht dich, Claudia. Er hat uns leider erwischt und nach dir gefragt. Wir haben natürlich nichts davon gesagt, dass du hier bist." Claudia stöhnt tief auf. Soll sie denn nie mehr zur Ruhe kommen. „Seid ihr sicher, dass es nur einer ist?" „Ja, wir haben nirgends einen anderen gesehen." Wild entschlossen dem Spuk ein Ende zu setzen, holt sie den Revolver aus dem Versteck, füllt die fehlenden

Patronen nach und lädt ihn durch. „Wo habt ihr ihn zuletzt gesehen?" Die Jungen weisen ängstlich auf eine Stelle nicht weit von dem Gebäude, in dem sich Claudias Zimmer befindet. „Du wirst doch nicht..." Francisca blickt sie entsetzt an. „Denke daran, dies ist ein Gotteshaus und du trägst die Kleidung seiner Dienerin!" „Gott hat meines Wissens nicht verboten, sich gegen Angreifer zu verteidigen." Unbeirrt geht Claudia zu dem ihr von den Jungen beschriebenen Ort. Tatsächlich entdeckt sie dort den in dichtem Gebüsch verborgenen Mann. Er steht mit dem Rücken zu ihr, sodass sie sein Gesicht nicht sehen kann. Dennoch ist deutlich erkennbar, dass seine ganze Aufmerksamkeit irgendeinem Ereignis unmittelbar vor sich gehört. Claudia versucht herauszufinden, was er dort so fasziniert beobachtet. Ihre Augen suchen die Fläche vor ihm gründlich ab. Auf der dicht bewachsenen, schattigen Rückseite ihres Gebäudes bewegt sich etwas und im nächsten Moment sieht sie, wie das geheimnisvolle Paar vorsichtig durch ein Fenster klettert Sie wollen offenbar fliehen bevor die Gangster ihren Rausch ausgeschlafen haben. Trotz der Gefahr von ihren Verfolgern jeden Moment entdeckt zu werden haben sie also doch noch kaltblütig in der Mission übernachtet. Vielleicht war das nicht dumm, denn damit haben die Banditen sicher nicht gerechnet.

Wer aber mag der Mann sein, dessen Blicke ihnen folgen und der sich auch jetzt in seinem Versteck nicht rührt? Hat er etwas mit den anderen zu tun und ist auch auf der Jagd nach den Entwicklungshelfern? Warum hat er dann aber nach ihr gefragt? Was will er von ihr? Als er sich endlich kurz umdreht, schreit sie fast laut auf. Pedro! Dort steht tatsächlich Pedro. Maßlos erleichtert will sie schon jubelnd zu ihm rennen, als aus der Richtung ihres Gebäudes ein Schrei ertönt. „Ha! Jetzt haben wir Euch endlich!" Unverkennbar ist es Arturs Stimme, die die beiden anbrüllt. Wie aus dem Nichts sind plötzlich die drei Banditen aufgetaucht. Das Paar bleibt wie versteinert stehen. „Noch einmal werdet ihr mir nicht entkommen!" Erregt umringen die Verfolger ihre Opfer. Claudia nutzt den Moment, um zu Pedro zu laufen. Überrascht schließt er sie einen Moment lautlos in die Arme und dann verfolgen beide das weitere Geschehen. „Die Ärmsten haben sich mit der Drogenmafia angelegt", flüstert sie ihm zu. Mit Entsetzen müssen sie nun tatenlos mit ansehen, wie Artur seinen Revolver hebt und auf den Mann zielt. Claudia schließt die Augen als er skrupellos abdrückt. Doch es fällt kein Schuss. Der Revolver klickt nur. Auch weitere Versuche, auf sein Opfer zu schießen, scheitern. Das Magazin ist leer. Fluchend schreit er seine Gefährten an: „Legt die beiden endlich um!"

Pedro kocht vor Wut. „Wenn ich doch bloß eine Waffe hätte, dann würde ich den Banditen zeigen, wie es sich anfühlt beschossen zu werden und das Paar vielleicht retten können. Doch so können wir nichts mehr für sie tun.". Schon zielt der andere Halunke auf den noch immer erstarrten Mann und drückt ab. Doch auch sein Revolver ist leer. Stattdessen peitschen plötzlich mehrere Schüsse durch die Luft und die Kugeln schlagen unmittelbar neben den drei Häschern ein. In Panik flüchten sie, um sich so schnell wie möglich in Sicherheit zu bringen. Keiner von ihnen wagt es, sich dabei noch einmal umzudrehen, um herauszufinden, wer auf sie schießt. Als sie verschwunden sind, tritt Pedro lachend aus seinem Versteck. In seiner Hand hält er den Revolver, den ihm Claudia mit der leisen Bemerkung „Der ist geladen!" zugesteckt hat. Noch immer unter Schock bringt das Paar kein Wort heraus, aber in ihren Gesichtern ist ihre unendliche Dankbarkeit nicht zu übersehen. Mehrere *Indígenas* sind mittlerweile aufgetaucht und nehmen sich der beiden an. Nie mehr wird Claudia das versteinerte Gesicht mit den weit aufgerissenen Augen des Mannes vergessen, als Artur und sein Komplize ihre Revolver auf ihn gerichtet und immer wieder abgedrückt haben.

Schweißgebadet schlägt Pedro nach den ihn quälenden Mücken. „Die Hitze ist hier unerträglich. In diesem verdammten Urwald gibt es auch nicht einmal eine schwache Meeresbrise. Nur Mücken, Mücken und Mücken. Ich weiß nicht, wie es jemand hier aushalten kann. Ich muss jedenfalls schleunigst zurück an die Küste! Du auch"? „Und ob! Lass uns sofort aufbrechen." Belustigt schaut er sie an. „Bist du jetzt eine Klosterschülerin oder gar Nonne geworden?" In der Aufregung und da sie keinen Schleier mehr trägt hat sie nicht mehr daran gedacht, dass sie noch immer die weiße Ordenstracht anhat. „Auf jeden Fall besser als Nutte oder?" Lachend zieht sie schnell wieder Jeansrock und T-Shirt an. Es ist das erste Mal in ihrem Leben, dass sie sich nicht darüber ärgert, als Klosterschülerin oder Nonne bezeichnet zu werden. Wenn sie an den Mut und die Glaubenstreue von Francisca denkt, ist sie sogar fast ein wenig stolz darauf, für kurze Zeit mit ihr gemeinsam das Habit getragen zu haben. Andächtig und dankbar reicht sie es Francisca zurück. „Hoffentlich habe ich es nicht entweiht?" „Wohl kaum, hast du es doch dazu genutzt Leben zu retten. Einem besseren Zweck kann es kaum dienen."

Nebel

Claudia sieht aus dem Fenster. Seit Tagen hat es fast ununterbrochen geregnet. Überall tropft es, überall stehen Wasserlachen. Das ganze Land scheint unter der drückenden Schwüle zu stöhnen. Claudias triefend nasse Kleider werden überhaupt nicht mehr trocken. Pedro ist mit José hinausgefahren, um einen größeren Fischschwarm zu suchen den Nachbarn vor der Küste des Chocó entdeckt haben wollen. Das Gebiet liegt weit nördlich von der Mündung des Rio San Juan, sodass er erst in ein paar Tagen wieder zurück sein wird.

Als der Regen endlich einmal nachlässt, läuft sie zum Strand. Schwacher Wind schiebt undurchdringliche Nebelbänke dicht über der glatten, grauen See vor sich her. Keine Welle bewegt sich. Alle Konturen verschwimmen im Dunst. Gebannt beobachtet sie, wie sich plötzlich langsam und geisterhaft eine große Yacht aus dem Nebel löst und nicht weit vor der Küste vor Anker geht. Erstaunt fragt sie sich, was die hier in dieser abgelegenen, gottverlassenen Gegend wohl will.

Als sie abends durch das Dorf bummelt, stößt sie auf einen jungen Mann, der in einer der Straßenkneipen sitzt und, eine Bierflasche vor sich, aufmerksam die Umgebung betrachtet. Er ist blond, groß, braun gebrannt und hat ein paar Sommersprossen im Gesicht. Zweifellos ein Gringo[16]. Als er Claudia anspricht, verrät auch sein Akzent sofort, dass Spanisch nicht seine Muttersprache ist. Er lädt sie zu einem Getränk ein. Etwas zögernd setzt sie sich zu ihm. „Was macht ein Mädchen wie du alleine hier in Juanchaco? "Ich lebe hier für eine gewisse Zeit. Ist doch ein schöner Ort oder?" „Ich habe schon hübschere Orte gesehen", lautet die Antwort. „Aber bei dem

---

[16] Etwas despektierlicher Begriff für US-Amerikaner, manchmal auch für Ausländer

Nebel kann ich auch nicht viel von der Umgebung erkennen."
„Hier gibt es nur das Dorf, einen noch kleineren Nachbarort
und sonst nichts. Ringsherum ist nur endloser Urwald", erklärt
sie ihm. „Und in einem solchen Ort wohnst du?" „Warum
nicht?" Sie wechseln das Thema und es stellt sich bald heraus,
dass er der Besitzer der geheimnisvollen Yacht ist, die sie am
Morgen beobachtet hat. Scherzend und lachend sitzen sie
noch eine Weile zusammen. Verwirrt geht Claudia in ihre
Hütte zurück. Der Mann gefällt ihr gut. Sie hat den ganzen
Abend versucht, mehr über ihn und den Grund seines Hierseins zu erfahren, doch alle ihre Fragen zu seinem Beruf oder
seiner Familie hat er unbeantwortet gelassen. Sie weiß nur,
dass er John heißt, und ist sich nicht einmal sicher, ob das sein
richtiger Name ist.

Am nächsten Abend trifft sie wieder auf ihn. „Noch immer
hier? Ich denke, der Ort gefällt dir nicht?" „Der Ort vielleicht
nicht, aber du schon!" Verschmitzt lächelt er sie an. „Willst du
dir nicht einmal meine Yacht ansehen?" Als sie zögernd ab-
lehnt, zeigt er auf ein junges Paar in einer Kneipe auf der
anderen Straßenseite, das Claudia bislang nicht aufgefallen
ist. „Falls du Angst vor mir hast: Ich bin auf dem Schiff nicht
alleine. Die beiden da drüben gehören zu meiner Besatzung,
und dann ist noch mein Skipper an Bord." Wieder bemüht sie
sich darum, mehr über den sympathischen, aber rätselhaften
Mann zu erfahren. Wieder vergeblich. So treibt sie brennende
Neugier schließlich doch dazu die Einladung, ihn an Bord seines Schiffs zu besuchen, anzunehmen. Gemeinsam mit dem
jungen Paar fahren sie hinüber zu der imposanten Yacht. Sie
ist noch viel größer, als Claudia gedacht hat. Sowohl der Skipper als auch das junge Paar machen einen netten und
freundlichen Eindruck auf sie. Ausgelassen nehmen sie gemeinsam ein paar Drinks. Claudia genießt die Abwechslung,

wieder einmal mit ganz anderen Menschen zusammen zu sein, sehr. Schließlich erhebt sich der Skipper und verkündet: „Sorry, aber morgen laufen wir nach Panama aus und ich muss noch einiges erledigen." „Morgen schon?" Die Enttäuschung ist Claudia deutlich anzusehen. Er lacht. „Warum kommst du nicht mit?" „Ja, eine gute Idee! Hey, willst du nicht wirklich mit uns kommen?", greift John den Vorschlag seines Skippers auf. Wieder lacht der Skipper herzlich. „John ist ein guter Gastgeber und auf dem Schiff ist Platz genug", ruft er ihr vom Niedergang noch zu und schon ist er verschwunden. Fröhlich scherzend bringen die anderen Claudia wieder an Land.

Die ganze Nacht macht sie kein Auge zu. Tausend Gedanken gehen ihr durch den Kopf. Endlich hat sie die lang ersehnte Möglichkeit, von hier wegzukommen und die Rolle als Pedros Geliebte beenden zu können. Wie an das bescheidene, ereignislose aber friedliche Leben hier, hat sie sich an ihn gewöhnt und muss ihm sogar dankbar sein. Doch deshalb kann sie nicht ihr restliches Leben mit ihm verbringen und in Juanchaco bleiben. Auch der Albtraum, doch noch von Pachos Leuten hier entdeckt zu werden, lastet seit ihrer Flucht in den Urwald noch schwerer auf ihr.

Im nächsten Moment sieht sie aber Pedros Gesicht vor sich, wenn er erfahren müsste, dass sie nicht mehr da ist. Es würde ein vernichtender Schlag für ihn sein. Bei dieser Vorstellung tut er ihr fast leid. Plötzlich merkt sie auch, wie sehr sie an den ihr mittlerweile vertraut gewordenen Menschen im Ort hängt, die sie hier so herzlich aufgenommen und ihr so viel geholfen haben. Der Gedanke, wie eine Verbrecherin bei Nacht und Nebel still und heimlich zu verschwinden, schmerzt sie und erscheint ihr schäbig. Ohne, dass sie sich dessen bislang immer bewusst war, hat sich ihre Persönlichkeit ein weiteres Mal gewaltig verändert. Möglicherweise sogar noch mehr als durch die schrecklichen Ereignisse vor ihrer Flucht. Auch wenn sie unverändert bereit dazu wäre, gegen eine erneute Versklavung durch Pachos Leute mit allen Mitteln zu kämpfen, hat sie in ein friedliches Leben zurückgefunden. Durch das tägliche Zusammensein mit den Dorfbewohnern und isoliert vom Rest der Welt hat sie neue Werte entdeckt und alte verworfen. Sogar ihr Charakter hat sich so stark gewandelt, dass man in ihr die Claudia von einst nur noch sehr schwer wiedererkennen kann.

John! Sie hört seine sympathische Stimme, sieht sein sie betörendes Lächeln vor sich. Wieder grübelt sie, warum er ihr trotz aller ihrer Bemühungen nichts über sich erzählt hat. Spielen er und seine Besatzung womöglich ein abgekartetes Spiel mit ihr? Haben sie ihr eine Falle gestellt, um sie erneut zu entführen. Panik steigt in ihr auf. Schweißgebadet wälzt sie sich unruhig hin und reißt fast das über ihr Bett gespannte Moskitonetz herunter.

Wie von einer magischen Kraft angezogen, läuft sie am nächsten Morgen schon zeitig in den Ort, ohne zu wissen, was sie dort eigentlich will. Noch immer treibt dichter Nebel über die See. Wie ein gespenstischer Schleier liegt er auch auf den Hütten des Ortes und dem ihn umgebenden Urwald, so als wolle sich alles um sie herum ihren Blicken entziehen, nichts mehr mit ihr zu tun haben. Die meisten der wenigen Läden sind noch geschlossen. Dennoch trifft sie prompt auf John, der nach ein paar noch fehlenden Lebensmitteln sucht. Mit strahlendem Gesicht ruft er ihr ein fröhliches „Guten Morgen" zu. „Und? Hast du es dir überlegt? Willst du mit uns kommen?" Während sie noch mit einer Antwort zögert, schießt ihr plötzlich ein Gedanke durch den Kopf und sie hört sich spontan rufen: „Nein. Das geht nicht, ich habe gar keine Papiere." Seltsamerweise stellt er keine Fragen, sondern bemerkt nur leichthin: „Ach so, deshalb sitzt du hier fest. Warum hast du das nicht gleich gesagt. Wenn es nur das ist, dann mach dir mal keine Sorgen. In Panama werden wir dir die notwendigen Papiere schon beschaffen können."

Der Ton seiner Stimme und die ruhige, selbstsichere Art, in der er das sagt, wirkt auf sie sehr vertrauenserweckend. Sie kann sich seiner Ausstrahlung einfach nicht mehr entziehen. Ganz plötzlich steht ihr Entschluss fest: „O.k., dann komme ich mit!" Überrascht, aber sichtlich erfreut blickt er sie an. „Na los dann, hol deine Sachen." „Brauche ich nicht. Lass uns gleich fahren." Wieder sieht er sie erstaunt an. „Keine Sachen?" „Keine Sachen", wiederholt sie. „Oder willst du, dass ich es mir vielleicht noch anders überlege?" Davon, dass sie Carmen und den anderen Nachbarn nicht mehr in die Augen sehen kann und will, erwähnt sie natürlich nichts. Wenn sie plötzlich verschwindet, ohne etwas von ihren Sachen mitgenommen zu haben, werden außerdem alle annehmen, dass sie doch noch Pachos Leuten in die Hände gefallen ist und Pedro wird nicht mehr nach ihr suchen. Das beruhigt sie etwas.

Die Yacht geht Anker auf und ist wenig später im Nebel verschwunden. In weitem Abstand zur Küste läuft das Schiff nach Norden. Nur ab und zu, wenn die Nebel etwas aufreißen, kann man an Steuerbord das verborgene, einsame Land erahnen. Der Skipper deutet in die weiße Leere. „Dort hinten mündet der *Rio San Juan* in den Pazifik" erklärt er ihr, und kann nicht wissen, dass er Claudia damit einen heftig spürbaren Stich versetzt. Dort irgendwo im Dunst auf der grauen See sitzt Pedro mit José in seinem Boot, ohne zu ahnen, dass unweit von ihm „seine" Claudia wie auf einem Geisterschiff entschwindet und er sie niemals wiedersehen wird. Mehr noch als in der vergangenen Nacht überkommen sie unerwartet tiefe Gewissensbisse. Von ihren einstigen Vorsätzen, sich in eine eiskalte, rücksichtslose Opportunistin zu verwandeln und Pedro als Opfer dafür auszuwählen, ist offenbar nicht mehr viel übriggeblieben.

Glücklicherweise benötigt sie diese Eigenschaften auch nicht mehr. Ihre Sorge, in eine Falle getappt sein zu können, erweist sich als unbegründet. Auch wenn sie weiterhin nichts über John erfährt, wird sie von allen freundlich behandelt und verbringt eine lustige Zeit mit ihm und seiner Crew. Wieder wird viel gescherzt und gelacht, während das Schiff weiter nach Norden fährt und schließlich Kurs auf Panama City nimmt. Dort angekommen, gelingt es John irgendwie, Claudia an der Immigration vorbei zu schleusen und wie versprochen beschafft er ihr einen ecuadorianischen Pass mit einem neuen Nachnamen. Immer wieder wartet Claudia darauf, dass John mit ihr schlafen will oder das von ihr als Gegenleistung für alle Hilfe sogar einfordert. Doch bislang hat er niemals auch nur eine entsprechende Andeutung gemacht. Dabei durfte ihm kaum verborgen geblieben sein, dass sie große Sympathien für ihn hegt. Nicht nur die Quelle seines Reichtums und Einflusses, sondern alles an ihm bleibt für sie rätselhaft, ein Geheimnis, wie es so viele im Nebel dieser wilden, von ewigem Regen verhangenen Küste gibt.

Dämmerung

In der Abenddämmerung sitzt Álvaro an der belebten Hafenmole in der Nähe des Hotels *„Estacion"* in Buenaventura und berät mit alten Freunden, wie er in dem chaotischen Gewirr dieser tropischen Hafenstadt einen verschollenen Menschen finden könnte. Er hat alle seine Freunde und Bekannten mobilisiert, hört sich im Hafen um, erkundigt sich an der Busstation, wo die Busse nach Cali abfahren und klappert natürlich alle Bars und Bordelle der Stadt ab. Doch nirgends kann oder will man ihm weiterhelfen. Tagelang zerbricht er sich den Kopf darüber, wie er an die Bande von Pacho gelangen könnte, ohne ein zu großes Risiko einzugehen. Endlich gelingt es ihm, wenigstens in Erfahrung zu bringen, welche Nachtlokale, Spielhöllen und Bordelle von Pacho betrieben werden und beschließt, sie alle noch einmal genauer zu untersuchen. Möglicherweise hat der Gangster Claudia nicht weiterverkauft, sondern in einem seiner eigenen Etablissements eingesetzt. So besucht er eins nach dem andern und versucht, so unauffällig wie möglich, irgendetwas herauszufinden. Wieder ohne jeden Erfolg.

Enttäuscht und ratlos steht er an der Theke eines der ihm genannten Bordelle, starrt auf seinen Drink, und grübelt darüber nach, was er nun noch tun könnte. Die Frauen, die sich ihm immer wieder anbieten, weist er alle ab. „Bist du nur zum Trinken hergekommen?", fragt ihn eine herausfordernd und setzt sich neben ihn. „Nein, ich suche eine schlanke blonde Frau, die hier vielleicht arbeitet" und er beschreibt ihr Claudia so gut wie er kann. „Du bist ja ganz schön anspruchsvoll, mein Hübscher", ist das Einzige, was er zur Antwort bekommt und dann ruft sie dem Barkeeper zu: „Hey, der Junge hier steht auf Blond. Ruf doch mal Karin, die ist vielleicht endlich etwas für ihn." Müde gähnend erscheint die Gerufene und übernimmt den Platz neben ihm. „Eigentlich wollte ich schon schlafen gehen, aber ich höre, dass du unbedingt eine blonde Frau suchst. Hier hast du sie. Lass uns also auf das Zimmer gehen." Noch einmal gähnt Karin herzhaft und steht auf. Trotz dieser wenig anregenden Einladung folgt er ihr. Irgendetwas in seinem Inneren sagt ihm, dass sie vielleicht mehr wissen könnte.

Sie schließt die Tür. Routiniert streift sie den Rock ab und beginnt ihre Bluse aufzuknöpfen. „Willst du dich nicht ausziehen", fragt sie trocken. Ohne auf die Frage einzugehen, setzt er sich auf ihr Bett. „Übrigens, ich suche eine blonde Frau aus Guayaquil, die vielleicht hier irgendwo arbeitet", fragt er sie und bemüht sich, den Eindruck zu erwecken, als interessiere ihn das allerdings nur beiläufig. Ihm bleibt nicht verborgen, dass Karin ihn für einen kurzen Moment wie elektrisiert anstarrt, um dann aber sofort wieder dasselbe gelangweilte Gesicht wie zuvor aufzusetzen. „Was willst du von dieser Frau?" Auch sie versucht, so gleichgültig wie möglich zu wirken. „Ach sie ist eine alte Freundin von mir und ich wollte sie wieder einmal treffen", lügt er. Doch dann sieht er sie scharf an. „Mach mir nichts vor, du weißt doch etwas über sie." „Was willst du denn von ihr?", wiederholt Karin, nun mit einem furchtsamen Blick auf ihn. „Keine Sorge, ich bin nicht von Pachos Leuten. Ich will nur wissen, wo Claudia geblieben ist." Verärgert beißt er sich auf die Zunge, als er merkt, dass ihm versehentlich ihr Name herausgerutscht ist.

„Du suchst Claudia?", flüstert sie nun fast unhörbar. „Lass das lieber sein." Fragend sieht Álvaro sie an. Doch sie schweigt. Ihre Blicke treffen sich. Beide suchen zu ergründen, was der andere denkt. Hoffnungsvoll spürt er, wie sie mit sich ringt, ob sie reden soll oder nicht und lässt ihr Zeit. Endlich gibt sie sich einen Ruck: „Sie hat hier gearbeitet, ist aber seit einigen Tagen spurlos verschwunden. Sie wird wohl nicht weit gekommen sein. Pacho hat uns oft genug klargemacht, dass jeder

Fluchtversuch nicht nur sinnlos, sondern auch tödlich wäre. Ich bin sicher, die Arme liegt längst als Leiche irgendwo im Schlick oder auf einer Müllhalde. Lass uns nicht weiter darüber reden." Ängstlich zieht sie ihn auf ihr Bett, als befürchte sie, beobachtet zu werden und sich verdächtig zu machen, falls sie nicht mit ihm schläft. „Vergiss sie, sie ist bestimmt nicht mehr am Leben. Sie ist tot...", flüstert sie ihm ins Ohr. In ihren Augen stehen Tränen. „...und hat damit den einzigen Weg gewählt, wie wir Frauen hier wieder ´rauskommen können!"

Ergriffen und bestürzt wankt Álvaro in sein Hotel zurück. Er ist am Ende. Nach allem, was er nicht nur von Karin und Carlos über Pachos Bande erfahren hatte, hält er es nun ebenfalls für ausgeschlossen, dass Claudia noch leben und ihre Freiheit zurückgewonnen haben könnte. Arme Claudia! Das hat sie wahrlich nicht verdient. Warum musste er auch seinem Kampfgefährten Carlos von seinen Arbeitgebern erzählen? Er hätte wissen müssen, dass der, in seiner klassenkämpferischen Abscheu gegenüber allen Oligarchen, die Information vielleicht gegen Geld nur allzu bereit an jeden Kriminellen weitergeben würde. Wie steht er nun vor ihrem Vater da? Wie soll er ihm das alles erklären? Er will ihm nicht alle Hoffnung nehmen, und so erzählt er ihm am Telefon, er habe in Buenaventura zwar eine Spur gefunden, doch Claudia sei möglicherweise weiter nach Los Angeles gebracht worden. Zufällig habe man ihm dort einen Job angeboten. Sobald er ein Visum habe, würde er ihn antreten und dort weiter nach ihr fahnden.

Unendlich deprimiert muss er sich eingestehen, dass er wie nun schon mehrfach in seinem Leben mit dem Versuch, gegen Unrecht und Gewalt zu kämpfen, wiederum kläglich gescheitert ist. Ihm, der dazu die ganze Welt verändern wollte, ist es nicht einmal gelungen, auch nur eine einzige Frau vor Gewalt und Tod zu bewahren. Zudem trägt er diesmal sogar eine Mitschuld an ihrem Schicksal. Ob Kolumbien oder Ecuador, sein heimatliches Umfeld ist ihm unerträglich geworden. An eine Veränderung der Verhältnisse kann er nicht mehr glauben, sieht hier keine Zukunft mehr. Seine Ideale liegen in Trümmern. Er muss weg von hier. Resigniert sucht er einen Platz für einen völligen Neuanfang, fern von allem, was ihm bislang vertraut war. Als ob er an seine für Claudias Vater erdachte Geschichte selber glaubt, beschafft er sich tatsächlich ein Visum für die USA. Wie so viele seiner Landsleute soll auch er sehr bald zu den Latinos dort gehören, die mit ihrer Herkunft nichts mehr zu tun haben wollen. Mit einem seiner Fantasie entsprungenen, aber unauslöschbarem Schreckensbild von Claudias Leiche im Schlick der Mangrovensümpfe vor Augen bricht er mit seinem bisherigen Leben und fliegt nach Los Angeles.

Doch Claudia ist nicht tot! Sie lebt. Und sie ist endgültig frei. Sie genießt es, in Panamá wieder einmal in einer Stadt zu sein, und bummelt mit John sorglos durch die Malls. Ausgelassen probiert sie mehrere Kleider an und amüsiert sich über seine Kommentare. Zu seiner Verwunderung besteht sie aber eisern darauf, als Erstes eine Jeans zu kaufen. Nach ein paar Tagen eröffnet sie ihm, dass sie gern zu ihren Eltern zurückkehren will. Trotz der vielen gemeinsam verbrachten Zeit haben sie nie darüber gesprochen, warum sie von zu Hause weggegangen ist. Auch nicht darüber, was oder wie es sie nach Juanchaco verschlagen hat. Vielleicht hat er gespürt, dass sie nicht gerne darüber sprechen will. Auch jetzt stellt er keine Fragen. Stattdessen gibt er ihr sogar eine großzügige Geldsumme für die Reise nach Guayaquil. „Du kannst mir das Geld ja zurückgeben, wenn du mich wieder einmal besuchen kommst", bemerkt er dabei mit einem Augenzwinkern und sie verspricht ihm, das bald zu tun. Mit demselben freundlichen und geheimnisvollen Lächeln wie immer verabschiedet er sich am Flughafen von ihr. Sie fällt ihm noch einmal stürmisch um den Hals. Dann verschwindet er im Menschengewirr der Abflughalle. Erst als sie im Flugzeug sitzt, fällt ihr ein, dass sie außer einer Handynummer keine Adresse hat, unter der sie ihn wiederfinden könnte. Nicht einmal seinen Nachnamen kennt sie.

Lange hat sie überlegt, was sie eigentlich ihren Eltern erzählen soll. Keinesfalls durfte sie ihnen von ihrem wahren Schicksal berichten. Ihr Vater würde das niemals verkraften und sie vielleicht sogar aus dem Haus verweisen. Was immer er tun würde, in jedem Falle würde ihre Mutter im Zweifel ebenfalls den Rest ihres Lebens bitter leiden. Scham und Abscheu würden es auch ihr selbst unmöglich machen, ihren Eltern in die Augen zu sehen und ein normales Leben zu führen. So war sie zu dem Schluss gelangt, irgendeine Geschichte zu erfinden, nach der sie ihren Entführern weitgehend unbeschadet entkommen konnte. Mühsam hat sie sich einen möglichst harmlosen Ablauf der Ereignisse ausgedacht, der dennoch genügend glaubwürdig erscheint. Nachdem sie in Guayaquil gelandet ist, geht sie, wie gewohnt, zu den Gepäckbändern, um ihren Koffer zu holen. Erst als sie auf der Anzeigetafel sucht, auf welchem Band die Koffer aus Panamá ankommen, wird ihr bewusst, dass sie diesmal nur mit Handgepäck gereist ist. Auch sonst ist alles anders an ihr als gewohnt. In Panamá hat sie sich die Haare wieder in ihre eigentliche Haarfarbe, fast schwarz, färben lassen. Selbstbewusst trägt sie einen kurzen Rock, ein modisches T-Shirt und hat ihr Gesicht dezent geschminkt. Ihre Augen sind hinter einer Sonnenbrille versteckt. Sie wirkt wie eine erfolgreiche Managerin, die von einer Geschäftsreise zurückkommt. Nur die Perlenkette der

Großmutter erinnert noch immer an die junge Frau, die einst von hier verschleppt worden ist. Mit forscher Geste ruft sie ein Taxi herbei und nennt die Adresse ihrer Eltern. „Kein Koffer, Señora?" Der Taxifahrer öffnet ihr die Wagentür. „Nein, kein Koffer!" Ihr freundlicher, aber energischer Ton macht ihm deutlich, dass ihn das nichts angeht.

Der Berufsverkehr hat noch nicht begonnen, und so kommen sie rasch durch die Stadt. Doch je mehr sie sich dem Elternhaus nähern, desto unsicherer wird sie. Immer stärker wachsen in ihr Zweifel, ob sie ihre Geschichte wirklich durchhalten kann, sofern die Eltern sie überhaupt glauben. Sie malt sich aus, was geschehen würde, wenn ihre Eltern spüren oder gar durchschauen, dass ihre Geschichte erlogen ist. Sie sieht sich, wie sie sich mit ihren Antworten auf deren bohrende Fragen hilflos verheddert. Angst steigt in ihr auf. „Können Sie die Klimaanlage nicht etwas höherstellen, die Hitze ist unerträglich." Der Fahrer befolgt ihre Weisung, doch immer mehr Schweißperlen bilden sich auf ihrer Stirn. Es fehlen nur noch wenige Minuten, bis sie die Straße erreichen, an der ihr Elternhaus liegt. Im Rückspiegel sieht sie ihr geschminktes Gesicht und einem inneren Zwang folgend, wandert ihr Blick hinab auf ihren kurzen Rock und die nackten Beine. Sie hört die vorwurfsvollen, zornigen Kommentare ihres Vaters, sieht die verzweifelte, ergebene Miene ihrer Mutter. Aus der eben noch selbstsicheren, mondänen Geschäftsfrau droht immer mehr eine beschämte, um Verständnis und Verzeihung flehenden Hure zu werden. Der Taxifahrer will in ihre Straße mit den hinter hohen Mauern verborgenen Häusern einbiegen. Doch noch vor der Ecke lässt sie ihn stoppen und steigt aus. Kopfschüttelnd fährt er davon, und sie bleibt alleine zurück.

Es sind nur noch wenige Schritte zu der vertrauten weißen Villa am Fluss. Doch alles erscheint ihr fremd und ungewohnt.

Sie muss an die armseligen, aber voller Leben und für jeden offenen Hütten in Juanchaco zurückdenken. Plötzlich bekommt für sie das hinter hohen Mauern versteckte Leben der Menschen hier etwas Absurdes. Auch ihr Elternhaus mit seinen Wächtern wirkt mit einem Male auf sie wie ein Gefängnis. Fast verspürt sie Mitleid mit den Menschen, die hier als Gefangene ihres Reichtums und als Geiseln ihrer Eitelkeit leben müssen. Vor ihr wird ein Tor geöffnet und im Fond einer Limousine verlässt eine elegant gekleidete Dame mit modischer Sonnenbrille und schickem Kopftuch ihre Residenz. Vermutlich fährt sie ihr Chauffeur zum Einkaufen oder zum Kaffee bei einer Freundin. Ob sie jemals selbst einen Kaffee gekocht hat, geht Claudia durch den Kopf. Ein groteskes Bild taucht vor ihr auf, in dem sie die Frau in dieser Aufmachung vor ihrer Feuerstelle neben Pedro hocken und mit einem Holzlöffel in dem alten Topf rühren sieht. Als der Wagen an Claudia vorbeifährt, wird sie von einem hochmütigen, maskenartigen Gesicht hinter der Scheibe des Rücksitzes gemustert. Ob diese Frau auch so herzlich lachen kann wie Carmen?

Plötzlich steht für Claudia endgültig fest: Das hier ist nicht mehr ihre Welt. Selbst wenn man ihrer Geschichte Glauben schenken würde, gehört sie nicht mehr hierher. Auch ihre Eltern sollen sie lieber als die brave, unbescholtene Tochter, so wie sie einmal war, in Erinnerung behalten. Vielleicht sieht sie das später einmal anders. Aber nicht jetzt, nicht heute, nicht in absehbarer Zukunft. Entschlossen läuft sie zurück auf eine größere Straße, in der sie wieder ein Taxi findet, und lässt sich zu einem kleinen Hotel in der Innenstadt bringen.

Es ist dunkel geworden. Sie sitzt allein in einem Straßencafé in der Nähe ihres Hotels und denkt ratlos darüber nach, wie es denn nun weitergehen soll. Dennoch empfindet sie eine tiefe Erleichterung, wie sie jemand verspürt, der im letzten Moment vor dem Ertrinken gerettet worden ist. Ein junger Mann spricht sie an und setzt sich zu ihr. Mit seiner fröhlichen und unkomplizierten Art erinnert er sie ein wenig an John. Froh, dass er sie von ihren trüben Gedanken ablenkt, lässt sie sich gerne von ihm zu einem Abendessen und ein paar Drinks einladen.

Er hat viele lustige Geschichten zu erzählen. Natürlich fragt er sie, was sie beruflich tut. „Ich suche gerade einen neuen Job", antwortet sie ausweichend, „und natürlich dringend nach Geld." Bemüht, es ein wenig wie einen Scherz klingen zu lassen, fügt sie noch lachend hinzu: „So wie jeder. Du etwa nicht? Und du, was machst du?" „Ich habe eine ganz gut bezahlte Anstellung bei einer ausländischen Firma." Dann wechselt er das Thema. „Magst du Musik? Tanz? Filme? Was liebst du am meisten?" „Das Meer!", antwortet sie ihm sofort, und ohne einen Moment nachzudenken. Die beiden verstehen sich gut und landen schließlich in Claudias Hotelzimmer. Als sie aufwacht, ist er verschwunden. Auf dem Nachttisch liegen ein paar Geldscheine. Wütend und enttäuscht verstaut sie sie in ihrer Handtasche. Dabei wird ihr bewusst, dass sie dringend Geld beschaffen muss. Außerdem darf sie keinesfalls in Guayaquil bleiben Es wäre nur eine Frage der Zeit, bis sie auf einen ihrer vielen Bekannten stoßen würde, wenn sie nicht schleunigst von hier verschwindet. Gleich am nächsten Tag erkundigt sie sich deshalb, was ein Flug kostet, um nach Panamá zurückzukehren. Nüchtern rechnet sie die Hotel- und andere Lebenshaltungskosten hinzu und muss mit Schrecken feststellen, dass dafür eine recht stattliche Summe zusammenkommt. Wie soll sie zu diesem Geld kommen? Ohne Geld von ihrem Vater oder einem Märchen-prinzen wie John, ist sie verloren.

Der Gedanke, dass das Einzige, was sie bislang kann, um damit Geld zu verdienen, die Arbeit einer Hure ist, erscheint ihr unerträglich. Unendlich froh darüber, diesem Geschäft und seinem Umfeld mit viel Glück entkommen zu sein, wollte sie nie mehr damit zu tun haben. Immer wieder hat sie mühsam versucht, die schrecklichen Erlebnisse aus ihrem Gedächtnis zu verbannen. Tatsächlich war es ihr langsam gelungen, wenigstens die quälenden Albträume zurückzudrängen. Doch ratlos, was sie sonst tun kann, um von hier so schnell wie möglich wegzukommen, sieht sie keinen anderen Ausweg, als sich erneut in ein wildes Tier auf der Jagd nach männlicher Beute zu verwandeln. Wieder muss sie kämpfen. Wieder leben plötzlich ihre Vorsätze auf, die sie nach ihrer Agonie auf dem Schiff gefasst hatte. Deprimiert und angewidert, aber kalt und entschlossen unterwirft sie sich dem Unvermeidlichen. Glücklicherweise fällt es ihr auch an den Folgeabenden nicht besonders schwer, mitfühlende und zahlungswillige Freunde zu finden und unbemerkt an der Hotelrezeption vorbei zu schleusen. So hat sie das notwendige Geld bald zusammen.

Noch ein letztes Mal setzt sie sich am Abend in das Café. Es gibt nur wenige Gäste und sie muss eine Weile warten, bis endlich drei Männer den Raum betreten. Neugierig mustert sie die Neuankömmlinge, um zu prüfen, ob ein geeignetes Opfer für sie darunter ist. Dabei fährt ihr ein eisiger Schreck durch alle Glieder. Einer von ihnen ist der Freund ihres Vaters, dem der Oberst in Buenaventura so täuschend ähnlichgesehen hatte. Mit den beiden anderen in ein angeregtes Gespräch verwickelt, achtet er zunächst nicht auf die sonstigen Gäste. Gelähmt starrt sie auf den Mann und überlegt, wie sie flüchten kann, bevor er sie erkennt und damit weiß, dass sie noch lebt und sich sogar in Guayaquil befindet. Doch es ist schon zu spät. Er hat sie bereits entdeckt. Immer wieder sieht er nachdenklich zu ihr herüber, macht aber keine Anstalten, auf sie zuzukommen. Wieder überlegt sie, ob sie das Café so schnell wie möglich verlassen soll. Doch wenn er sie tatsächlich erkannt hat, wäre das sinnlos. Vielmehr sollte sie dann lieber versuchen, ihn davon zu überzeugen, dass sie eine andere und nicht Claudia ist. So bleibt sie sitzen und wartet ab. Endlich zahlen die Männer und verlassen das Café.

In der Tür überlegt es sich der Freund des Vaters plötzlich aber doch anders. „Geht schon mal, ich habe etwas vergessen. Gute Nacht also", ruft er seinen Freunden zu, kehrt um und kommt lächelnd direkt auf sie zu. „Claudia?" Sie zieht eine Augenbraue hoch und mustert ihn mit anzüglichen Blicken. Nach kurzem Schweigen raunt sie ihm mit verführerischer Stimme zu: „Meinen sie mich?" Deutlich unsicher geworden glaubt er, nun sein Verhalten erklären zu müssen. „Entschuldigen Sie, dass ich Sie anspreche, aber Sie erinnern mich fatal an ein Mädchen, das ich kannte und das seit Längerem leider spurlos verschwunden ist. Etwas verlegen fügt er noch hinzu: „Sie war allerdings blond und jünger als Sie." „Ich bin also zu alt für Sie," bemerkt sie keck und ist selber über die Kaltblütigkeit erstaunt, mit der sie reagiert. „Aber nein, natürlich nicht! Sie sind viel attraktiver. Das Mädchen, von dem ich rede, war die verwöhnte Tochter eines Freundes. Hübsches Ding, aber furchtbar oberflächlich und eingebildet." „Und mich halten Sie nicht für oberflächlich und eingebildet," fragt sie herausfordernd. „Dazu müsste ich Sie erst näher kennenlernen." „Dann setzen Sie sich doch zu mir." Ihr bisher gelungener Auftritt hat sie jetzt leichtsinnig gemacht. Doch selbst bei längerer Unterhaltung spielt sie die Rolle einer koketten, ruchlosen Frau so perfekt, dass der Mann nunmehr endgültig davon überzeugt ist, nicht Claudia, sondern eine fremde Frau vor sich zu haben, die ihr zwar sehr ähnlichsieht, aber sonst nichts mit ihr gemein hat. Als er danach fragt, was sie macht, erzählt sie ihm die gleiche Geschichte wie allen anderen. Sofort zeigt er großes

Verständnis für ihre missliche Lage und verspricht, ihr mit einem Geldgeschenk helfen zu wollen. Dabei macht er jedoch deutlich, dass er davon ausgeht, zuvor ihre Dankbarkeit bewiesen zu bekommen. Auch der ist also nicht anders als alle anderen, geht es ihr durch den Kopf. Enttäuscht, aber nicht mehr überrascht folgt sie ihm in ein Hotel. Als sie sich wieder angezogen und das versprochene Geld eingesteckt hat, ruft sie ihm beim Hinausgehen noch ein sarkastisches „Danke, Herr Oberst" zu. Verwirrt blickt er ihr nach. „Was meinst du damit? Ich bin kein Oberst!" „Dann habe ich dich wohl mit jemand anderem verwechselt. Aber ist doch egal. Oder?". „Die ist bestimmt nicht das Mädchen, das ich meinte, aber die Ähnlichkeit ist schon frappierend", denkt er und verlässt ebenfalls das Zimmer.

Sternenhimmel

Fasziniert sieht Claudia aus dem Flugzeugfenster. Sie hat die Abendmaschine nach Panama genommen, und als Guayaquil in der Ferne am Horizont versinkt, hofft sie, auch die Trümmer ihres bisherigen Lebens endgültig hinter sich zu lassen. Weit unter ihr liegt der Pazifik. Die Maschine folgt der Küste nach Norden. Als wolle das Schicksal sie an diesen Teil der Welt fesseln, überfliegt sie somit noch einmal die Orte ihrer Qualen der letzten Monate. Doch es ist nichts mehr davon zu erkennen. Mit den unter dichten Wolken verborgenen Schauplätzen versinken für sie auch die vergangenen Ereignisse in der Dunkelheit der Nacht. Stattdessen schwebt sie wie in einem Traum durch herrlichen Sternenhimmel einer neuen Zukunft entgegen, unendlich erleichtert, glücklich, erlöst.

Auf der Handynummer, die ihr John gegeben hatte, erreicht sie ihn tatsächlich und wieder hilft er ihr weiter, ohne Fragen zu stellen. Er beschafft ihr einen Job bei einer Firma in Miami und besorgt ihr ein Einreisevisum für die USA. Wieder verbringen sie wundervolle, lustige Tage miteinander. Und wieder versucht sie vergeblich, etwas über den rätselhaften Mann zu erfahren. Manchmal hat sie den Eindruck, er ist der kapriziöse Sohn aus einer Familie mächtiger und einflussreicher Milliardäre der Spaß daran gefunden hat, den rettenden Engel für sie zu spielen. Ab und zu kommt ihr aber auch der Gedanke, ob sein nettes, fröhliches Wesen womöglich nur eine Maske sein könnte hinter der sich ein exzentrischer Drogen- oder Waffenhändler versteckt, der etwas für sein Gewissen tun möchte, indem er die Rolle eines Robin Hoods für sie übernimmt. Schließlich gibt sie es auf, weiter nachzuforschen. Er bleibt ein geheimnisvoller Märchenprinz, wie es ihn eigentlich nur in Träumen gibt. So kann es nicht überraschen, wenn er plötzlich im Nebel der See aus dem er kam, auch wieder verschwunden zu sein scheint.

In Miami angekommen, tritt sie sofort ihren neuen Job an. Sie erweist sich als gelehrig und man schätzt ihren Fleiß. Ihre Arbeit gefällt ihr gut. Endlich hat sie ein sicheres und solides Einkommen. Vor allem aber hat sie die Möglichkeit, neben der Arbeit zu studieren. Diesmal betritt sie die Universität nicht, um sich die Zeit zu vertreiben oder Leute kennenzulernen, sondern um ihr Leben sinnvoll zu gestalten. Nie mehr will sie dazu gezwungen sein, sich noch einmal verkaufen zu müssen. Zielstrebig und mit beeindruckendem Ehrgeiz verfolgt sie ihren Plan, Meeresbiologin zu werden und sich der von ihr so geliebten See auch beruflich widmen zu können. Eifrig besucht sie jede Vorlesung und jedes Seminar und fällt am Abend erschöpft ins Bett. Nur eines lässt sie sich nicht nehmen: Wann immer möglich, sitzt sie nach der letzten Veranstaltung in der Uni irgendwo am Wasser. Wenn der Seewind ihr Haar wehen lässt, sie den salzigen Geschmack des Ozeans spürt, die Schreie der Möwen hört und sich ihre Gedanken in der Weite der See verlieren, dann hat sie ihre Welt gefunden, in die sie gehört.

Schon nach wenigen Jahren macht sie erfolgreich ihren Abschluss und sieht sich nach einer Stelle um, in der sie ihr erworbenes Wissen auch wirklich einsetzen kann. Schließlich werden alle ihre Mühen belohnt. Sie stößt auf ein interessantes Projekt in Baja California und ist überglücklich, als man ihr mitteilt, sie dafür einstellen zu wollen. Gerade hat sie beschlossen, deshalb bei ihrer bisherigen Firma zu kündigen, als sie gebeten wird, zu ihrem obersten, bislang unbekannten Chef nach Los Angeles zu kommen. Offenbar will man ihr eine neue Stelle anbieten. Auch wenn sie fest entschlossen ist, nach Baja California zu gehen, und dort bereits zugesagt hat, treibt sie die Neugier dazu, der Aufforderung dennoch zu folgen.

In Los Angeles wird sie von einem Firmenwagen am Flughafen abgeholt und in das Headquarter des Unternehmens gebracht. Eine adrette Sekretärin bittet sie, in einem eleganten Vorzimmer zu warten, bis der Chef frei ist. Durch die halb offene Tür hört Claudia die Stimmen von mehreren Männern und stutzt. Die Stimme des Mannes, der offenbar der Big Boss ist, ist ihr wohlbekannt. Als er weiterredet, verliert sie den letzten Zweifel. Der Mann dort im Büro ist Àlvaro, ihr ehemaliger Gärtner. Man ist im Aufbruch. Stolz erzählt er seinen Gästen noch von dem letzten Golfturnier und einem neuen Auto, das er sich gerade zu einem sündhaft hohen Preis angeschafft hat. Dann kommt die Gruppe hinaus in das Vorzimmer. Álvaro! Ungläubig starrt sie ihn an. Gepflegt, modisch frisiert, Markenanzug, Krawatte, Schuhe, alles elegant, teuer. Fassungslos erinnert sie sich an ihr erstes Gespräch mit ihm. „Für sie alle schien der einzige Maßstab nur das Geld zu sein. Ist das nicht deprimierend?", hatte er damals über die Leute auf ihrer Geburtstagsparty gesagt. Ist das dort wirklich derselbe Mann? Sie kann es kaum glauben. Nachdem er seine Gäste verabschiedet hat, wendet er sich seiner Sekretärin zu. „Die Sitzung hat verdammt lange gedauert. Ich muss gleich los, sonst komme ich zu spät in den Klub und verärgere Senator Miller, der dort schon auf mich wartet."

„Und die Frau aus Miami?", fragt ihn seine Sekretärin. „Ach richtig, die Kleine, die man mir für die neue Stelle in Atlanta empfohlen hat. Kann die nicht bis morgen warten?" Mit einem deutlichen Blick und einer dezenten Geste weist die Sekretärin auf Claudia, die er bislang überhaupt nicht wahrgenommen hat. Er dreht sich um und geht mit etwas gequältem Lächeln auf sie zu. Als er vor ihr steht, stutzt er. „Kennen wir uns?" Doch ohne eine Antwort abzuwarten, kommt er dann eilig zum Thema. „Sie sollen also die Stelle in Atlanta bekommen. Man hat mir viel Gutes über sie berichtet. Wissen sie eigentlich, dass derjenige, der die Stelle bekommt, ein ausgesprochener Glückspilz ist? Mit den Provisionen kann man dort jede Menge Geld machen." Dann fragt er sie von oben herab. „Was qualifiziert Sie ihrer Meinung nach für den Job?" Er wirkt arrogant, selbstgefällig und ist kaum bei der Sache. Noch immer tief bewegt von dem dramatischen Wandel des geheimnisvollen Gärtners, versucht Claudia sich wieder auf das Gespräch zu konzentrieren, und fragt zurück: „Was erwarten Sie denn von der Inhaberin der Position?" Anstatt zu antworten, starrt er auf ihr Gesicht und ihr schwarzes Haar. „Kennen wir uns wirklich nicht?" Wiederholt er mehr zu sich als zu ihr. „Irgendetwas haben wir doch gemein." „Sicher nicht!", antwortet Claudia kühl. Mit einem Ruck reißt er sich aus seinen Gedanken und blickt auf seine Uhr. „Damned, jetzt werde ich bestimmt zu spät im Klub sein. O.k., Sie haben den Job". Hastig zieht er sein Jackett an, das ihm seine Sekretärin reicht. „Was hatten sie mich noch gefragt?" Etwas zerstreut versucht er, sich auf Claudias letzte Frage zu besinnen. „Ach so, sie wollten wissen, was ich von Ihnen für den Job erwarte." Er verweist auf seine Rolex. „Sehen Sie diese Uhr kostet weit mehr als Sie im Monat verdienen. Wollen Sie das ändern müssen Sie dafür arbeiten, nicht ich! Got it?" Ohne sich zu verabschieden eilt er davon. „Vielen Dank, aber ich suche gar keinen Job! Mein Maßstab ist auch nicht das Geld. Ich habe etwas viel Besseres, ich habe eine wertvolle und wichtige Aufgabe gefunden!", ruft Claudia ihm hinterher, doch er hört sie nicht mehr.

Autor

Manfred Hoffmann. Geboren 1950 in Berlin. Als Seeoffizier der Bundesmarine, Freelancer in der außenpolitischen Redaktion des ZDF, weltweit eingesetzter Rechtsanwalt und Troubleshooter für einen Industriekonzern und dreißig Jahre für die deutsche Außenwirtschaftsförderung in offizieller Mission an wechselnden Orten in Lateinamerika und Asien stationiert, gehört er zu den Nomaden unserer Zeit. Seine Aufgaben, Reisen und Recherchen führten ihn an ungewöhnliche Plätze und ließen ihn zahllose ausgefallene Schicksale miterleben. Inspiriert von seinen Begegnungen und Erlebnissen, widmet er sich nunmehr fiktiven Geschichten, die in jenen Weltgegenden spielen, in denen er so viele Jahre verbracht hat. Er lebt heute in Berlin und Spanien, ist verheiratet und hat zwei Söhne.

Weitere Publikationen des Autors

Abenteuer in Übersee

Tropenschwüle

Roman

Tropenschwüle

1 Tom wird Leiter der Niederlassung eines deutschen Unternehmens in Asien. Jung, dynamisch und tief von sich selbst überzeugt, glaubt er fest daran, die Welt verändern zu können. Erfahrung hält er dazu für unnötig. Doch als Gerüchte auftauchen, Waffenschmuggler infiltrieren sein Unternehmen muss er schmerzhaft lernen, wie sehr er sich geirrt hat. Alle Versuche herauszufinden, was wirklich geschieht, scheitern. Doch er gibt nicht auf. Ohne zu ahnen, auf was er sich einlässt, folgt er dem Rat, einmal mit einem der Schiffe mitzufahren, die die abgelegenen Außenposten seiner Firma anlaufen, gerät er in die Fänge einer schamlosen Frau und wird zum Opfer von Intrigen. Ein Konflikt mit einem Besatzungsmitglied kostet ihn fast das Leben. Endlich führt ihn jedoch eine geheimnisvolle Küchenhelferin auf die Spur der Schmuggler. Je mehr er weiß, desto größer wird allerdings das Risiko, von ihnen aus dem Weg geschafft zu werden. Schließlich bleibt ihm nur noch die Flucht. Die Ereignisse haben ihn zutiefst verändert, doch die Welt ist dieselbe geblieben.

Hasardeure der Wildnis

Roman

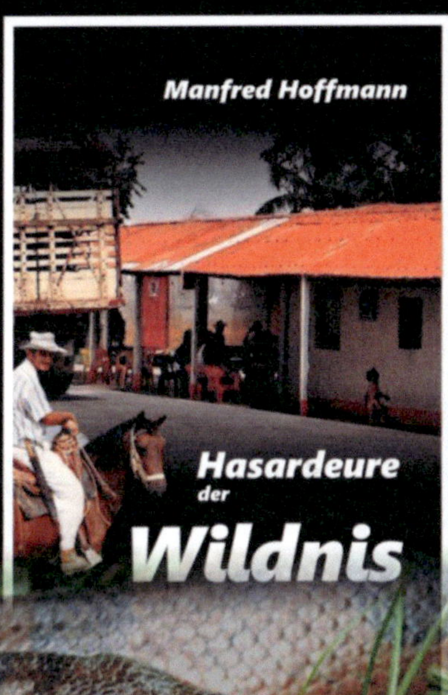

Anne und Paul führen ein ruhiges Leben wie unzählige andere auch. Als Pauls Firma ihn jedoch zum Entsetzen seiner Frau nach Kolumbien schickt, soll sich das drastisch ändern. Durch Zufall gerät Paul in die tropische Wildnis der Llanos, des einsamen Tieflandes im Osten Kolumblens. Dort erlebt er Bedrohung und Gewalt, aber auch Verführung, Leidenschaft und Freiheit. Begeistert nutzt er fortan jede Gelegenheit, zurückzukehren. Aus Neugier und Sorge, ihn andernfalls zu verlieren, beschließt Anne ihn auf seiner nächsten Reise dorthin zu begleiten. Zu seiner großen Überraschung ist auch sie von der grenzenlosen Freiheit der Wildnis fasziniert. Ungeahnte Sehnsüchte erwachen in ihr. Von Guerilleros, Giftschlangen oder mörderischem Gesindel läßt sie sich dabei nicht beeindrucken. Hilflos verfolgt Paul die atemberaubende Verwandlung seiner einst biederen Ehefrau in eine Hasardeurin. Doch da ist auch noch die betörende Kolumbianerin Maria mit ihrer Schenke im Nirgendwo ...

Träume Tropen

Geister

Roman

Rätselhaftes Asien. Auf der Suche danach, was er in den ihm noch verbleibenden Jahren tun will, reist Neurentner Karl nach Fernost. Getrieben von der Angst im Leben etwas verpasst zu haben, träumt er von Exotik und Abenteuern. Kaum in Japan angekommen, scheinen Geister mit ihm zu spielen. Anders für ihn nicht zu erklären, verfällt er einer mysteriösen Frau noch bevor er ein Wort mit ihr gesprochen und sie nicht einmal richtig gesehen hat. Sie stellt sein Leben auf den Kopf. Unter bizarren Umständen folgt er ihr auf ein dubioses Schiff und reist durch die tropischen Gewässer Südostasiens. Menschenhändler nutzen den Seelenverkäufer, um von dort Frauen als Prostituierte illegal nach Japan zu holen. Trotz aller Gefahren hat Karl allerdings nur Augen für seine geheimnisvolle Begleiterin. Er verliert sich in Träumen, doch die Realität holt ihn immer wieder ein. Dabei gelangt er zu überraschenden Erkenntnissen.

Deutsche
und andere
Exoten
Sachbuch

Beobachtungen des Autors aus drei Jahrzehnten auf Posten in Asien und Lateinamerika. Lebendig, hintergründig, kritisch, humorvoll. Ein von den Romanen und zahlreichen Bildern flankierter, ungewöhnlicher Insider-Report.